A segunda mãe

Karin Hueck

A segunda mãe

todavia

Para as mulheres da minha vida. E para o Fred.

Natureza da gente não cabe em nenhuma certeza.

João Guimarães Rosa, *Grande Sertão: Veredas*

I

Assim que a primeira gota de chuva caiu sobre o braço esquerdo de Madalena, teve a certeza de que se divorciariam. O céu estava baixo, com nuvens quase verdes de tão escuras se espalhando por todas as direções. Fazia um calor opressivo, e o ar entrava nos pulmões molhando tudo por dentro; a umidade se acumulava na boca, no nariz, acima dos lábios. O sol escapava de vez em quando para iluminar um pedaço de chão aqui, outro ali, uma lâmpada com mau contato. Dentre as nuvens carregadas, viam-se outras mais claras, e era a estas, de um cinza quase branco, que Madalena se agarrava para dizer que não ia chover.

Estava bonita a natureza enraivecida. O vento chacoalhava as pontas dos eucaliptos que rondavam a praça, arrancando as folhas prateadas dos galhos mais finos. As árvores rasgavam a terra com os troncos brancos escamados, e subiam ofertando sua parte mais delicada aos céus. Madalena também olhava para o alto em prece, pedia por seca e sol. As folhas formavam redemoinhos no chão. O tempo virando presságio.

Junto com as folhas, o vento erguia terra e pó. Jogava os grãos sobre os bancos, a calçada e as janelas das casas, misturando a poeira ao suor das pessoas, empanando os desatentos. Levantava dos bueiros o lixo que a correnteza do meio-fio tinha deixado por lá e ressuscitava bitucas de cigarro, embalagens e latinhas, trazendo-as de volta para o reino dos vivos.

Madalena viu uma folha caindo no bolo de unicórnio que havia lhe tomado a madrugada inteira. Tinha assistido a um tutorial na internet, e suou para reproduzir o efeito arco-íris no chifre contorcido de pasta americana. Cavou um buraco no meio das três camadas de massa e depois o recheou com confeitos coloridos que, de acordo com o vídeo, formariam uma cascata quando o bolo fosse cortado. Ficou pensando no mecanismo cruel da mente que havia inventado aquela receita, se por acaso sabia que infligiria tanto sofrimento em quem tentasse reproduzi-la, ou se a graça não era justamente essa.

Ela vigiava o bolo e os docinhos que o circulavam com a determinação de um cão de guarda. Tinha espalhado os petiscos sobre a toalha de estampas geométricas, intercalando delícias e vasinhos de flor. Não se afastava demais, embora tentasse esconder a obsessão. Queria manter os cento e cinquenta dedinhos de criança que circulavam o território bem longe do bolo até a hora do parabéns. Queria testemunhar a alegria da filha ao ver os doces jorrando para fora da massa. Mesmo quando conversava com alguém, sua obra-prima estava lá, no canto do campo de visão, a cobertura branca testemunhando a favor da maternidade de Madalena.

Estavam todas aglomeradas em um canto da praça. De início, uma corda de bandeirinhas tremulava, mas agora se sacudia por cima da comida. A toalha de piquenique fazia movimentos bruscos com o vento, e tiveram de prendê-la com umas bolsas para que sossegasse. Dois vidros com gipsófilas já haviam tombado, e, se tivessem tido bom senso, teriam transferido a ocasião para algum lugar mais resguardado, mas não tiveram. As mães se agrupavam embaixo de um dos eucaliptos, enquanto as crianças corriam de um lado para o outro.

A praça havia sido inaugurada recentemente. Ficava no meio dos casarões sem muros do Bairro Novo, e ainda tinha o aspecto desolado dos lugares planejados. Montes de terra revirados debaixo dos arbustos revelavam que o plantio era recente. A grama tinha acabado de ser espalhada e era implausível, de tão verde e macia. Olhos treinados seriam capazes de reconhecer a intenção da paisagista, a de haver grandes gramados circundados por árvores frondosas para sombra e descanso, mas, além dos eucaliptos que já estavam por lá fazia anos, havia apenas algumas mudas. Uns brotinhos de feijão, muito talo para pouca folha, apoiados em armações de madeira, tombados como mutilados de guerra. No meio da praça havia um coreto. Colunas de metal suportavam o peso do telhado art noveau e brilhavam de longe, lustradas. Os raios de sol entre trovões assombravam a paisagem.

— Lena, os sanduichinhos estão maravilhosos. Não consigo acreditar que foi você que fez.

A mulher magérrima de cabelos escovados, que segurava o lanche com uma das mãos, tinha o rosto inflamado de procedimentos estéticos. A boca inchada brilhava. A intenção era aparentar juventude, ainda que uma pele assim manuseada só transparecesse a passagem dos anos. As unhas ainda brilhavam com o polimento recente do salão. Tinha mordido um pedaço do pão e estava com um pouco de miolo embebido em baba entabocado entre o incisivo e o canino, mas Madalena não tinha intimidade para constranger e apontar o descuido. Ou então não apontar fosse o constrangimento. Preferiu deixá-la com o pão no dente, um pouco por educação, muito porque podia.

— Imagina, é tão simples. Eu te passo a receita depois.

Lena sorria satisfeita, sem mostrar os dentes. Até o último respiro diria que tudo aquilo havia sido fácil demais. Cozinhar, decorar e montar a festa para quinze crianças e suas mães, imagine, não era nada, não dava trabalho nenhum. Não conseguia deixar de competir. Tinha ficado dois dias trancada na cozinha, sovando a massa dos salgados, enformando as empadinhas, enrolando os doces. O trabalho se estendera até a madrugada, repetitivo e minucioso, fazendo bocados de comida aos centos, monja beneditina vocacionada. Não era obrigada, mas sabia que devia. Dedé não ofereceu ajuda, e ela também não pediu. Dedé achava aquilo tudo uma besteira. Por que não comprar tudo pronto, você fica aí se matando, diria, se tivessem chegado a essa discussão. Mas não chegaram.

Passou os dedos nos longos cabelos pretos e olhou de novo para o céu. As nuvens, que antes estavam espalhadas, tinham se reunido em cima da praça e era questão de minutos para que começassem a verter água. O vento passou de novo, trouxe uma embalagem de cigarro, e a Madalena não restou opção a não ser embolar o vestido verde-oliva e enfiá-lo entre as pernas, entregando aos joelhos a tarefa de impedir que ele voasse. Viu que as mães esperavam instruções. A ordem era ficar? Recolher tudo?

Tinham chegado em grupos pequenos. Traziam presentes. Madalena reparou nas embalagens de alguns pacotes: embrulhos em tecido tingido em cores naturais, um raminho de flor de enfeite, fitas de cetim em laço. Outros presentes chegavam com menos cerimônia, no papel de embrulho da loja, indicando mães estafadas por empregos exigentes. Rosa não disfarçava a preferência justamente por estes. Abria as oferendas sem cuidado e o grito de alegria era proporcional à quantidade de plástico fosforescente e luzes brilhantes que ia surgindo.

— Mamãe! Olha! Uma Girl Bozz! Não acredito, era o que eu queria!

Madalena se constrangia ao ver que a filha não se mobilizava com os brinquedos educativos que estavam atrás dos embrulhos de tecido natural, mas se contentou em ver que pelo menos eram recebidos com um sorriso educado. Esta era apenas uma dentre tantas outras expectativas em relação à filha: a de ser uma criança independente, de pensamento crítico; e Madalena já estava começando a notar as consequências das cobranças no comportamento da menina, que a olhava antes de decidir do que gostava. Sete anos. Os pacotes foram empilhados em um canto quando as crianças saíram para brincar.

As convidadas se dividiram em dois grupos. De um lado, as donas de casa, como Lena. Se pudessem se ver de longe, reconheceriam a visão embaraçosa que formavam, em seus vestidos de linho iguais e unhas do pé pintadas de preto que saltavam para fora das sandálias de couro. Tinham todas a mesma trança lateral e carregavam a coluna muito ereta, moldada por exercícios vespertinos.

— Amiga, que bom que você veio. O que você vai fazer na quarta?

Cumprimentavam-se sem amassar os vestidos. Comentavam o passeio do final de semana e aproveitavam para já marcar o próximo encontro enquanto as crianças nadavam ou aprendiam a programar. Eram gentilíssimas em seus modos. Mulheres educadas para funções importantes que, por um motivo ou outro, tinham enveredado sem volta para a vida doméstica. Usavam sua poderosa capacidade cerebral para elucidar questões cotidianas, diplomatas de dramas corriqueiros, negociadoras de calendários; tarefas nas quais a felicidade reside. Quando punham a cabeça no travesseiro, sonhavam sonhos realistas, de conforto e harmonia, filhos bem nutridos e educados, casas um tiquinho maiores, satisfação conjugal, todos muito mais inalcançáveis do que os de desbravadores e aventureiros. Madalena os conhecia porque também os tinha.

O que não podia dizer, no entanto, era que conhecia aquelas mulheres. Uma ou duas haviam frequentado sua casa em alguma tarde de brincadeiras, na qual trocaram dicas para jantares saudáveis e rápidos, além de contatos de massagistas que atendiam em casa. As outras, a maioria das que agora se reuniam em grupos de duas ou três, havia visto apenas na hora da saída da escola. Não era boa em guardar nomes e feições, então tratava todas com a mesma intimidade distante. O tempo, os planos para o feriado, a despedida de algum professor, conversas feitas disso.

Mas tinham olhares afiados, todas elas. Madalena viu que mediram o bolo de unicórnio assim que chegaram, os olhos se movendo de alto a baixo, de maneira a não perder um centímetro do chifre colorido. Comiam em silêncio os sanduíches embrulhados em papel-manteiga, a fim de chegar a um veredito.

— Lena, os sanduichinhos estão maravilhosos. Não consigo acreditar que foi você que fez.

De novo aquilo. Madalena sabia que a festa estava impecável e que, ao alcançar o piquenique perfeito, contribuía para as neuroses das outras. Mas havia a tempestade. As nuvens carregadas agora não só formavam uma única massa escura sobre a praça, como havia começado a trovejar. Cada estrondo era recebido com gritos estridentes pelas meninas. Sabia que devia recolher a comida e as crianças e correr para casa, que a ocasião não seria perdida, mas não faria isso. Tinha sido dominada por seu lado bestial. Era agora autodestruição. Ficariam na praça. Queria que visse o estrago.

Dedé não participara dos preparativos, mas achou por bem dizer naquela manhã, com todas as presenças confirmadas e a comida estocada na geladeira, que não achava prudente comemorar o aniversário de Rosa na praça.

— Vai chover, Lena.

— A previsão diz que só chove no fim do dia. É só você chegar antes das cinco pro parabéns que vai dar tudo certo.

— Eu vou tentar, prometo.

Sempre isso. Madalena estava com as queixas na ponta da língua, um novelo de lamúrias que seria desembaraçado a qualquer sinal de desentendimento, mas guardou-as para si. O aniversário seguiria conforme o plano. Dedé que saísse mais cedo do ministério. Eram quatro e quarenta e seis quando uma lufada de vento enfim conseguiu varrer uma leva de brigadeiros para longe. Madalena foi resgatar os doces atrás de um arbusto, enquanto tentava passar um ar descontraído às convidadas. Lembram-se daquele aniversário da Rosa em que quase caiu um toró? Uma anedota para o futuro.

— Dedé já está chegando. A gente corta o bolo e vocês podem ir lá pra casa depois.

Além das donas de casa, havia o grupo das babás. Ficavam um pouco mais afastadas e também conversavam entre si, amigas de ocasiões como aquela. Madalena gostava delas, comiam os sanduíches porque apreciavam o sabor, bebiam porque tinham sede, sem vereditos ou olhares. Ou era isso que projetava naquelas mulheres cujos nomes jamais perguntou. Com elas, não debatia os planos para o feriado. Não havia assunto, na verdade. Cobriam a ausência das mães que não podiam estar ali no meio de uma tarde de sexta-feira, e gostavam mesmo é de quando as crianças brincavam soltas, como naquele dia, porque podiam se dedicar a seus assuntos, seus celulares, seus próprios rebentos à distância. Foram elas que decidiram encerrar o piquenique. Não queriam suas meninas tomando chuva, o trabalho que teriam, minha nossa.

As quatro babás saíram pela praça tentando recolher as crianças, e foram recebidas por provocações e convites de brincadeiras.

— Você não me pega!

Sabiam que sua autoridade residia em uma linha tênue, então escolhiam argumentar e negociar, argumentar e negociar. Ficariam muitos minutos pedindo às crianças que voltassem e pegassem suas coisas, sem deixar transparecer a urgência que sentiam. As meninas, porém, ansiavam pelo temporal. Já imaginavam os montes de terra virando lama, que se espalharia por sapatos, calças, pernas. Outro trovão, mais gritinhos.

— Gente! Oi, por favor! Fiquem mais um pouquinho, a gente já vai cantar o parabéns.

O cabelo de Madalena estava para o alto. Medusa, paralisando a todas com um sorriso obcecado. Correu atrás das empregadas e as envolveu com um abraço paternalista, tentando trazê-las para perto. Perguntou se tinham experimentado a empadinha de camarão ou o sanduíche de rosbife, se estava tudo bem, se tinham sede. Reconhecia o papel miserável a que se prestava e ainda assim seguiu em frente.

— Dedé já está chegando. A gente corta o bolo e vocês podem ir lá pra casa depois.

Ficava repetindo a frase como um mantra, mais para si do que para as convidadas. Não vai chover, calma. Olhem, o vento está levando as nuvens. Daqui a pouco o sol volta. Até que sentiu a primeira gota, a que caiu no braço esquerdo, e que lhe trouxe a certeza da separação. Cinco e doze. Antes que a segunda gota caísse, Madalena foi inundada por uma satisfação sem nome. Se acaso se enchesse de dúvidas em algum momento, se hesitasse nos meses que se seguiriam, poderia se agarrar às mãos geladas da razão. Teria para sempre a prova de que Dedé não se importava, porque afinal Dedé não apareceu.

— Ai, meu Deus. Me ajudem! Está chovendo!

A compostura virou agonia em um instante. A chuva caiu como se tivessem aberto a torneira. Já não se via mais o ar entre as gotas, só jatos e mais jatos de água que vinham de todos os lados, como em um chuveiro de hotel, erguidos com a força do vento. As quinze meninas de sete anos se viram dominadas por uma alegria sem precedentes. Rosa e as amigas se converteram ao estado natural da espécie, antes da arte, do fogo e da fala, se transformaram em instinto puro, um regozijo primordial. Abriram os braços e corriam sem parar debaixo da chuva, pulando nas poças e gargalhando possuídas, chutando lama umas nas outras.

A massa podre das empadinhas sugou a água como uma esponja, e os sanduichinhos tão delicados se desfizeram em

pasta cinzenta. Os docinhos foram diluídos no temporal e Lena ainda pôde ver os confeitos coloridos que estavam enterrados dentro do bolo quando, graças a um tropeção da prestativa mãe que tentou salvá-lo, a obra-prima se despedaçou no chão. Tantas cores. Olhe o que você fez, Dedé.
    Foi uma correria desesperada. As convidadas juntavam bolsas, sacolas e pratos de comida e não sabiam o que fazer com eles depois. Madalena viu a mãe de rosto plastificado guardando o presente que havia trazido na própria bolsa. As babás, mais sabidas, já haviam desaparecido com suas crianças em dois carros pedidos no aplicativo, quitutes ensanduichados entre pratinhos descartáveis. Finalmente, uma grande van prateada parou perto delas, e lá de dentro Dedé surgiu. Trazia um paletó esticado por cima da cabeça para não se molhar e andava meio corcunda na direção do piquenique.
    — Aqui, meninas! Ponham tudo aqui dentro. Eu levo pra casa.
    Madalena foi andando pelo barro com medo de escorregar. Entregou uma sacola cheia de presentes para a esposa, sem que cruzassem os olhares. Dedé se esticou para alcançar um beijo na bochecha de Lena, mas foi ignorada.
    — Era até as cinco, Andrea.

2

Pessoas ajuizadas evitariam embicar na rua que levava ao Bairro Novo se pudessem. Os comércios vazios e os anúncios que não eram trocados havia anos não transmitiam confiança. Meia propaganda de clareamento dental aqui, um naco de uma praia tropical ali. O caminho, no entanto, era esse. Era importante não se deixar dissuadir pela ausência de carros e seguir em frente, passando por terrenos baldios e galpões de uso indefinido. O trajeto não daria sinais do destino até que se virasse à direita, na última saída antes da estrada intermunicipal. Só então o cenário mudava. Uma placa comemorativa da prefeitura com a data da inauguração recente indicava ali o começo de um outro mundo, e a rua, que antes era estreita e mal-asfaltada, se transformava em uma alameda arborizada.

Não havia muros nem grades no Bairro Novo. Quem perdesse uns minutos para ler o letreiro comemorativo lá atrás aprenderia que uma das grandes promessas do lugar era a segurança absoluta de seus moradores. Não haveria assaltos, roubos, golpes, furtos, tocaias, armadilhas. Crianças brincariam soltas. Portas ficariam sempre abertas. Chaves de carro passariam a noite inteira no contato. Famílias dormiriam tranquilas em cima de seus lençóis de algodão de quinhentos fios, sabendo que nenhum mal lhes acometeria.

As calçadas se estendiam tão lisas e niveladas que uma bola de futebol empurrada por um bebê rolaria por quarteirões. Ninguém jamais havia visto um branco mais límpido do que aquele que desenhava a faixa de pedestres, que chegava a cegar por cima do piche novo. Em vez de semáforos, rotatórias, e no meio do bairro ficava a praça do coreto, ao lado das quadras poliesportivas, das estações de recarga para veículos e do riacho. O bairro inteiro cheirava a químicos e desinfetante. No lugar dos muros, gramados e canteiros de mata nativa separavam as residências. Os jardins eram adornados por plantas ornamentais. Costelas-de-adão, bromélias serrilhadas e primaveras em flor brotavam em ilhas no mar de relva, e era preciso segurar o ímpeto de ir até lá tocá-las a fim de averiguar se reluziam à luz do fim do dia porque eram de plástico ou se brotavam realmente da terra. Uma ou outra árvore anciã ainda estava de pé, testemunha do mundo de antes.

E então havia as casas. Lares para todos os gostos, seguindo os caprichos das pessoas que moravam ali, que sabidamente eram muitos e aleatórios. Construções mediterrâneas com arcos enfileirados, outras envidraçadas com piscinas de borda infinita, habitações inteiras de madeira, modernistas, de vigas aparentes, ao estilo colonial. Desesperado por aprovação, aquele lugar.

Madalena e Andrea ficaram semanas visitando o Bairro Novo, subindo e descendo as ruas, tentando encontrar uma casa para si. O medo de Madalena era jamais se adaptar ao lugar, ela, que chorava escondida no chuveiro, que tomava remédio para dormir, que comia salgadinhos de dentro de celofanes brilhantes no meio da madrugada. Não se via carregando a felicidade que o bairro sugeria. Acabaram se decidindo por uma casa sem qualidades aparentes, bem distante do alojamento em construção. Era térrea e se estendia por muitos metros, com janelas salientes na sala e três quartos amplos que davam para o jardim.

Foi no maior desses quartos que Lena acordou no dia seguinte ao do piquenique sem se lembrar de onde estava, como se não tivesse construído para si uma vida absolutamente previsível. Ficou olhando o lustre no teto como se o visse pela primeira vez. Tinha uma armação de palha entrelaçada que, balançando por cima da colcha azul-bebê, dava ao quarto um ar litorâneo, embora estivessem a centenas de quilômetros do mar. Os olhos acompanharam o vaivém quase imperceptível da luminária até despertar-se por completo. Levantou-se devagar. Dedé ainda dormia.

Foi até o banheiro e, sentada no vaso, passou os dedos do pé no rejunte do piso gelado. As unhas pintadas de escuro contrastavam com a cerâmica clarinha, e Lena ficou um tempão observando os ladrilhos, os dedos, o tapete felpudo, enquanto sua mente tratava de afastar de vez os últimos lampejos do sonho que a habitara apenas alguns minutos antes. Pessoas caídas na lama. Uma seringueira centenária. Um grito de gol. Voltou à realidade quando passou a mão na própria perna e reparou que estava com a depilação atrasada, na batalha mais ingrata travada por uma mulher. Passou uma água no rosto e prendeu os cabelos no alto da cabeça.

Decidiu ir para a cozinha preparar um café quando foi surpreendida pelas memórias do dia anterior. Relembrou os fatos com um distanciamento que não lhe era comum. Viu os rastros de barro que Rosa deixara a caminho do banheiro depois que a festa acabou e todo mundo partiu. Podia apenas imaginar as mensagens que circulavam naquele momento entre os celulares das convidadas, todas enfurecidas, injuriadas, satisfeitas com a quantidade de maldades que podiam destilar. Lembrou-se não sem arrependimento de como a filha ficara desolada com o fim abrupto do aniversário. Um minuto estava feliz brincando na chuva e, no seguinte, tinha sido arrastada para dentro do carro pelas mães, que não trocaram uma palavra entre si.

Madalena saiu caminhando pelo corredor, medindo a sujeira e contabilizando o estrago até a sala. Lá encontrou copos de papel, pratos de plástico, bexigas e restos de comida por cima da mesa, das cadeiras e do sofá. Na porta, a roupa de Rosa, que

Dedé mandou que ela tirasse antes mesmo de entrar, para que fosse direto para o banho, estava do jeito que a filha a largara, um morrinho de tecido embrulhado na soleira. O vestido delicado, que Madalena havia comprado de uma grife local, estampando animais silvestres, despontava aqui e ali por trás da sujeira. O estrago, meu Deus. Lembrou-se de que havia se trancado no quarto assim que chegara e, embora soubesse que era improvável, tinha nutrido uma tola esperança de que a esposa organizasse um pouco o caos. Em vez disso, Andrea havia pedido uma pizza. A caixa de papelão ainda estava em cima da pia, e Lena conseguiu ver as bordas de massa, que Dedé não comia de jeito nenhum, descartadas lá dentro.

Reparou que o sofá estava com manchas de terra. Comprado recentemente, na época da mudança, materializava-se como um pequeno ato de loucura na vida de Madalena. Um disparate, coitada, para ela que acreditou ter chegado à fase da vida, com a filha beirando os sete anos, em que poderia arriscar um estofado claro na sala. Era a joia da casa, e custava o mesmo que um carro popular. Tinham visitado a casa quatro vezes antes de se decidirem por ela e, na verdade, Madalena não podia dizer que havia tomado uma decisão, apenas acordara um dia com o caminhão de mudança embicando na entrada e aceitara seu destino.

A única exigência havia sido uma casa toda branca, não por preferência estética, mas por masoquismo. Queria se sentir ocupada. Passava os dias dentro de casa esperando: primeiro, a volta de Rosa da escola; depois, a de Dedé do trabalho. Nas horas de ausência, via-se acompanhada apenas por suas memórias, os assombros de escolhas passadas, espantos repetitivos. Via o sol fazendo seu trajeto diário no chão da sala à medida que ia se encontrando com o horizonte, e era tomada por tamanho desespero de se ocupar que suas mãos chegavam a formigar.

Então buscava tarefas que lhe tomassem aquelas horas perigosas da tarde. Para a cozinha, escolhera o piso branco brilhante que exigia duas passadas de pano diárias para se manter limpo. Uma banheira imensa na suíte principal, que amarelava ao menor sinal de uso, para que pudesse ser esfregada por horas sem fim, em uma espécie de mística feminina. Toalhas brancas, lençóis de linho, carpete, tudo que exigisse manutenção constante.

Em dias de extremo desespero, partia para pequenas travessuras. Em vez de lavar uma colher, lambia-a até que ficasse bem brilhante e a colocava na gaveta. Antes de guardar as compras, pegava uma das latinhas de cerveja de Andrea, a chacoalhava uns segundos e colocava na geladeira, incauta. Às vezes, mas só às vezes, usava a escova de dentes da esposa para esfregar uma mancha de sujeira da pia, mas o fazia com tanta rapidez, tanta agilidade, que nem era possível dizer que o ato fosse, assim, real. Fazia tudo sem pensar muito e, quando se lembrava depois, até se espantava. Seria capaz de jurar que jamais acontecera.

— Que confusão ontem, hein?

Tomou um susto com a voz de Andrea. Tinha vindo sorrateira do quarto, o carpete abafando os passos até a sala. Madalena, ainda de cócoras investigando o sofá, olhou para a esposa, se levantou e foi para a cozinha.

— Quer um café?

Talvez, enfim, não fosse capaz de discutir. Alguma coisa nos olhos pretos de Dedé tinha o poder de desarmá-la, de aquietar o incômodo. Eram olhos gentis e lançavam afeto em quem repousavam. Ficavam debaixo de um par de sobrancelhas clarinhas, despenteadas, que mal apareciam. Tinham os cantos externos um pouco caídos e davam a ela um ar apiedado, como se estivesse sempre compadecida com o mundo ao redor. Lena a chamava de "minha bebê foca".

— Eu quero, sim, obrigada.

Madalena botou a chaleira no fogão e ficou esperando a água aquecer. Andrea havia se equilibrado nos bancos altos do balcão da cozinha. Tinha engordado, e ainda estava se encontrando dentro do corpo mais espaçoso. Ao contrário de Madalena, que era ossuda e angulosa, Andrea era pequenina e arredondada — não havia uma só quina em seu corpo, até os cotovelos eram macios. Por anos, aquela suavidade havia sido o lugar favorito do mundo de Madalena, no qual despejava toda a ternura que sabia fabricar. Naquele dia, porém, tinha vontade de despejar coisas de outra ordem em cima da companheira. Decidiu que não iria arrefecer e, enquanto o café pingava, falou:

— Dedé, não dá mais. Eu não consigo viver assim.

Andrea evitou encarar a esposa. Não era uma pessoa que se exaltava. Até mesmo na vez que bateram em seu carro com toda a força, quando Rosa ainda tinha meses de idade e estava sendo transportada em um moisés no banco de trás, embrulhada em três mantas de malha, como um pão, Dedé seguiu serena. O táxi não tinha visto o sinal vermelho e entrara com tudo na porta bem onde ela estava, fazendo o carro dar um giro quase completo no meio do cruzamento e transformando a lataria em uma superfície engrouvinhada, como papel na lixeira. Andrea pulou o câmbio e saiu pela outra porta, apenas para resgatar a filha aos berros do vão atrás do banco, em que o moisés havia caído. Só mais tarde, com a bebê no colo e uma multidão de curiosos ao redor, depois de se lembrar de pegar a bolsa do meio das ferragens, depois de anotar a placa do táxi, percebeu que tinha quebrado o antebraço esquerdo no acidente, que àquela altura estava dobrado em um ângulo impossível.

— O que você quer que eu faça? — Andrea passou a mão no cabelo e aceitou a xícara de café que a esposa oferecia.

— Obrigada.

— Você sabe o que eu quero.
— E você sabe o que eu acho disso.

Tomaram os primeiros goles, bem quentes, quase queimando a língua, em silêncio, uma de cada lado do balcão da cozinha. Lena conhecia o roteiro da conversa. Sentia-se uma atriz já no final da temporada, esperando as deixas para as falas repetidas mil vezes. Sabia que discordariam primeiro, depois ela cederia, por fim combinariam de esperar mais um pouco. Mas não naquele dia.

— Eu não aguento mais ficar em casa.
— De novo isso?
— De novo, sim.
— Não tem por que você trabalhar, Madalena. A gente não precisa disso. Eu seguro as contas.
— Que contas, Andrea? *Você* não precisa que eu trabalhe. Mas *eu* preciso.
— Não vai dar certo, Lena.
— Andrea, eu te juro. Se eu ficar mais um dia trancada nessa casa, eu me mato.
— A mamãe vai se matar?

Rosa tinha acordado e se materializado ali. O carpete felpudo. Ainda coçava os olhos quando chegou perto das mães, o cabelo cacheado, igualzinho ao de Dedé, espalhado por todos os lados, cobrindo o rosto, as sobrancelhas, as orelhas, a gola colorida do pijama. Rosa era pequena para a idade. Tinha umas mãozinhas de boneca. Era linda.

— Ninguém vai se matar, filhinha. É só um jeito de falar — disse Andrea.

"Não é, não", pensou Madalena. Pegou a menina no colo e encheu-a de beijos para sugar daquele serzinho toda a alegria restante na Terra, uma nascente de amor. Se soubessem que vinham ao mundo para espalhar contentamento, as crianças talvez se recusassem a nascer. Depois Rosa passou para o colo de Dedé e foi a vez dela de beijar a filha. Tinham esse ritual. "O monstro dos beijos", chamavam. A menina já havia gostado mais dos afetos, porém ainda se aninhava no colo das duas toda vez. Então Dedé sentiu um chute. De dentro do abraço, Rosa também o sentiu, ficou olhando para a barriga da mãe, uma sobrancelha erguida.

— Mami... Isso foi o nenê?
— Você também sentiu?

Foi uma comoção. Rosa e Madalena circundaram Andrea, cada uma com duas mãos esparramadas na barriga ainda pequena, mas já visível. Ficaram as três quietas, olhando o nada, enquanto as seis mãos esperavam um sinal vindo das entranhas de Dedé.

— Vai, chuta de novo!

O chute não veio, mas o abraço as salvou. Lena e Dedé trocaram um sorrisinho, visível apenas no canto dos olhos. Então Madalena foi para a geladeira preparar o café da manhã, enquanto Rosa se lembrou da sacola de presentes ainda molhada. Encontrou a boneca de plástico rosa e aquietou imersa no mundo que só existia dentro dela. Dedé ficou olhando a menina e depois a esposa torrando um pão com manteiga. Viu a casa toda branca refletindo o sol da manhã de sábado, o mesmo sol que, tivesse aparecido na tarde anterior, evitaria a desavença de hoje. Viu aquela mulher na frente dela, alta, carregada de vida, tão linda, mais ainda quando não se sabia observada. Os olhos de bebê foca não falharam e, finalmente, se compadeceram de Madalena.

— Tá bom, vamos arranjar um emprego pra você. Seja o que Deus quiser.

3

Madalena deixava as uvas já cortadas na noite anterior para poder se concentrar no sanduíche, de queijo e sem casca, logo pela manhã. Jamais conseguiu esquecer o caso da filha da amiga da ex-namorada de Dedé que, aos cinco anos, engasgou com um tomate-cereja e acabou tendo uma morte estúpida, completamente desprovida de sentido, traumatizando todos ao redor, e era apenas esse o motivo pelo qual ainda partia as uvas da filha todos os dias, de comprido e não no equador, digamos assim, antes de colocá-las na lancheira. Queria evitar uma tragédia ordinária, evitar virar lenda urbana para pessoas tão periféricas de si, como ela mesma era da pobre menina morta.

O sanduíche era todo um outro drama. Rosa tinha severas restrições alimentares, não por desarranjos de saúde ou alergias obstrutivas das vias respiratórias, que ainda poderiam ser compreendidas, vá lá, mas por capricho. A lista de ingredientes que ela não tolerava era extensa e arbitrária — comia feijão-preto mas não o marrom, gostava de massas compridas como espaguete ou talharim, mas não de penne e fusilli, odiava a casca de qualquer tipo de pão, mesmo os mais moles como bisnagas ou de forma —, uma característica que Madalena carregava consigo como um atestado de fracasso materno.

Como ela poderia ser uma boa mãe, se apenas algumas semanas atrás, quando visitaram uma amiga de Andrea, a filha se recusou a comer qualquer coisa oferecida? Estavam as três hospedadas na pequena chácara da mulher, no meio do mato, circundadas por bananeiras e pés de limão-cravo. Uma casinha pintada de laranja e com vigas de madeira, o orgulho da proprietária, conhecida dos tempos de estudo de Andrea, que alguns anos antes havia abandonado a cidade grande para se experimentar na natureza. "A gente é muito bicho", dizia. Tinham demorado muito mais do que as três horas prometidas para chegar até lá porque Dedé não tolerou a estrada cheia de curvas, e precisaram ir parando a cada poucos quilômetros a fim de evitar as consequências de ter as vísceras reviradas. Já estava grávida, mas não sabia.

Madalena chegou cansada à casinha laranja e foi logo engolfada pela anfitriã em um abraço exagerado. Então foi golpeada pelo lugar. Viu os morros de mata ao redor, um mosaico de verdes claros e escuros com pontos coloridos no meio, os ipês-roxos em flor. Viu que eram parecidos com os cabelos da dona do sítio: um emaranhado de fios pretos entremeados com outros bem brancos. Viu no alto a meia esfera perfeita do horizonte, ouviu pássaros e, de longe, avistou umas borboletas laranjas, que não via desde a infância. Foram levadas até uma mesinha no jardim, onde eram esperadas com café, biscoitos, bolos e salada colhida na horta. O cheiro da comida, do mato, da distância.

A anfitriã ficou explicando o tempo das coisas, a época das abóboras e dos tomates, narrou como acordava todas as manhãs e ia conferir suas mudas, quais haviam brotado, de onde as folhas novas saíam. Conhecia o temperamento das plantas. Cuidava das galinhas como cuidava de si mesma. "Elas têm dias mais felizes e menos felizes, sabia?" O tempo desacelerou. A cidade ficou para trás. Lena ficou tonta de tudo que poderia ser.

Chegou mesmo a sonhar com uma vida assim, uma existência ditada pelo ritmo da natureza, até servirem o lanche e Rosa se recusar a comer. Os filhos como raiz. O bolo de fubá tinha erva-doce. Os biscoitos eram de goiabada. O pão tinha a casca muito dura. Assim ficou ao longo do fim de semana inteiro. Rejeitou as maravilhas da roça, o frango ensopado, o arroz com verduras, o suco de maracujá sem açúcar. Tiveram de sair para comprar salsichas e sacos de batatinha.

Madalena havia brigado, negociado, subornado e enganado a filha tantas vezes para comer que, por fim, desistira. Cansara-se de jogar fora o lanche intocado toda noite. Capitulara e agora cozinhava só o que seria comido sem choro. Fazia os pães sempre iguais, apenas com manteiga e muçarela fatiada, além de pelados.

Acordava antes de todo mundo. Precisava, além de montar a lancheira da menina, despertá-la. Quando a filha chegava à cozinha, vestida com o uniforme escolar que a mãe deixara em cima da cadeira do quarto, já a esperavam na mesa as uvas partidas, o pão na chapa sem casca e o leite com achocolatado, ao lado da mochila com a lancheira. Madalena sentava-se à mesa para garantir que Rosa engolisse o que estava no prato. Então escovava seus dentes engraçadinhos, metade de leite, metade de gente, e arrastava-a até a porta de entrada, onde a van escolar a buscava às seis e trinta e cinco todas as manhãs.

Quarenta minutos depois, era a vez de Andrea sair do quarto em traje social completo, como o ministério pedia. Madalena largava a tarefa doméstica do momento — a louça do dia anterior, a máquina de roupa para bater — e tomava café com ela, a cônjuge de tempo mais valioso.

Foi em uma dessas manhãs, semanas atrás, enquanto Lena se debruçava sobre cinco pedacinhos de plástico minúsculos espalhados na mesa da sala para tentar ressuscitar com cola o dinossaurinho favorito da filha, que Dedé chegou com o teste.

Madalena ficou tentando absorver o significado daquelas duas linhas paralelas no visor cor-de-rosa. Pinturas rupestres, hieróglifos, escrituras, mensagens de celular: teve a impressão de que nenhum outro símbolo na história da humanidade carregava mais significado do que aqueles dois traços no teste de gravidez. Sabia o que deveria fazer. Madalena largou o brinquedo quebrado e se levantou para abraçar Andrea. Seus olhos não diziam nada.

Na condição das duas, ninguém poderia dizer que a gravidez fosse uma surpresa. Sabiam que a possibilidade existia, mas a possibilidade fica armazenada em um plano paralelo, flutuando metros acima das cabeças, sem forma nem consequência, sem massa ou tamanho, até o dia em que despenca sobre a gente. O abraço de Lena e Dedé foi longo e, por mais que as duas procurassem as palavras, a única coisa que se ouviu foi o roçar dos tecidos entre elas. Não tinham o que dizer. Era o que era. Teriam mais um bebê.

Aquele foi um dia difícil para Madalena. Não tinha como não se lembrar da primeira vez que Andrea engravidou, quando nem sequer moravam juntas, nem sabiam se iam vingar, as duas e o aglomerado de células que viria a ser Rosa. Andrea tinha entrado na casa dela com a notícia, e tremia sem parar. Lena foi até a cozinha minúscula de sua velha casa buscar uma água. Só depois entendeu que o que Dedé sentia era medo. Medo de Madalena não ficar.

Sentou-se no sofá estreito da casa de Lena e fez o anúncio com muito mais cerimônia do que da segunda vez. Dedé havia sonhado com aquela gravidez por tanto tempo. Queria ser mãe desde os vinte e poucos, que foram se tornando vinte e muitos e então trinta e tantos, o desejo adiado por sucessivas promoções no trabalho. Quando finalmente se decidira pela maternidade, avulsa, Madalena apareceu para embaralhar os planos. Lena, por sua vez, tinha seus próprios temores, mas carregava certezas também. A principal era que queria ficar com Andrea. Sete anos mais tarde, ao lado dos dois traços no teste, procurava a mesma convicção.

Da primeira vez, passaram a noite debatendo, pesando cenários, encontrando problemas e soluções. A cada dificuldade, a ternura do amor novo entrava em cena e ajudava a contorná-la. Discutiram pouco, abraçaram-se muito. Por fim, decidiram que Madalena iria largar a casinha dela e se mudar para o apartamento de Dedé, que já tinha a vida pronta, propriedades, carreira, amizades por perto. Decidiram também que Lena ficaria encarregada de cuidar do bebê quando nascesse. Não tinha um emprego, era apenas lógico que fosse assim. Tivesse conversado com qualquer pessoa no papel dela, perceberia sem dificuldade o perigo se aproximando, que seria fagocitada pela vida doméstica, encurralada em um futuro que não era o dela.

Madalena então se despediu da vida antiga. Entrou no apartamento de Dedé como em um museu de memórias futuras. Foi passando pelos ambientes, abrindo as portas enfileiradas do corredor, notando o que a outra pessoa havia decidido pôr para dentro de casa. A vasilha cheia de conchas na pia do banheiro, a louça lilás de textura rústica na cristaleira, a roupa de cama de tema campestre. O que tudo aquilo dizia sobre Dedé? Madalena não levara nada para aquele lar pronto, mas também não sentiu falta de nada. Tinha Andrea, e era o que bastava. A falta viria em seu próprio tempo, desapressada.

Mas havia a nova vida se multiplicando. Madalena via a esposa inflando semana após semana, a barriga ocupando todos os espaços, a fresta entre o fogão e a pia, o canto do lado do armário em que a vassoura não chega, o lugar que não existe atrás das portas. A gravidez foi longa e curta ao mesmo tempo, uma temporada inteira e uma chuva de verão. Aos poucos, Madalena já não sabia mais se diferenciar dos objetos da casa. Era um móvel dentro daquele apartamento, um sofá parrudo, um fogão cuspindo fogo. Tinha uma função para cumprir, comprimida por um útero em expansão.

Rosa chegou àquele lar como uma infiltração. Uma pequena mancha no teto do corredor que começa clarinha, torna-se cinza e então se dissolve em água. Nos primeiros dias de vida da filha, ainda era fácil para Madalena e Andrea tocar a existência que levavam antes, quando debatiam o que iriam comer de almoço, quando seus pés se encostavam de noite sem querer. Tinham frescos na memória os dias que eram apenas delas. As manhãs arrastadas de domingo. O silêncio costurado junto. Logo esses lapsos foram escasseando, as memórias rareando, sendo substituídas por dias de urgência. Um bebê é urgente, não tem o tempo das coisas maduras.

Rosa ainda era um ratinho quando Dedé voltou a trabalhar. Madalena se lembrou do primeiro dia das duas no apartamento. A bebê ficou observando a segunda mãe com interesse, como se tivessem acabado de ser apresentadas uma à outra. Olhou os cabelos pretos, que Lena na época ainda usava curtos, e a boca de lábios finos que sorria cautelosa em sua direção. Então decidiu que não gostou do que viu. Começou a chorar. Naquele primeiro dia, Rosa berrou por quatro horas seguidas, buscando o cheiro de leite da mãe que a botara no mundo, recusando revoltada a mamadeira, o colo e a atenção daquela que não havia saído pela porta. A certa altura, alguém tocou a campainha. Era a vizinha da frente. Queria se assegurar de que o choro de criança não significava doença ou, Deus me livre, negligência. Madalena havia passado a noite em claro e podia sentir o cheiro de fórmula que rondava o apartamento, quando abriu a porta com Rosa jogada por cima do ombro.

— Oi. É que eu ouvi um chorinho de criança que não passa. Queria ver se está tudo bem, se vocês precisam de alguma ajuda.

A senhora de tinta amarela nos cabelos e muitas décadas nas costas esticava o pescoço para espiar a sala. Madalena a imaginou chegando à casa de uma amiga com um bolo ainda quente e notícias frescas sobre a vida íntima daquelas vizinhas barulhentas. Falariam de Andrea e Madalena com maldade e migalhas grudadas no batom que se infiltraria nas rugas sobre as bocas de pele fina. Ela seguraria a xícara de café com as mãos trêmulas, enquanto descrevia o apartamento caótico das duas, além da mãe visivelmente inepta. Na soleira da porta, a vizinha ignorou os gritos de Rosa, que não pararam nem com a nova companhia.

— Então você que é a esposa da Andrea? Muito prazer, eu sou a Telma.

Lena sentiu os olhos de Telma subindo como uma cobra a partir dos pés. Canelas, coxas, barriga, braços, torso, até chegarem ao rosto, lá no alto, bem uns vinte e cinco centímetros acima do dela. Sentiu-se descoberta. Ficou arrependida por não ter tomado um banho, não ter conseguido passar uma base no rosto. Se pudesse, teria fechado a porta, mas não era afeita a dramalhões.

— Muito bonita você. Como se chama?
— Madalena.
— Prazer, Madalena. Não sei como ainda não te vi aqui no condomínio.
— Eu não saio muito. Estamos tão corridas com a bebê...
— Ah, sim, claro. Lembro de quando minha filha era pequena. Eu agradecia pelos dias em que tomava um banho.

Naqueles tempos, Lena de fato não saía de casa. Não conhecia ninguém, e a maternidade a pegou como um desarranjo tropical. Andrea ainda trabalhava algumas madrugadas, então cabia a Madalena se adaptar aos horários inoportunos da esposa. Tinha medo de passear com Rosa pequenininha e não conseguir controlar seus acessos de choro, porque era incompleta, sem os peitos de leite para acalmar. A maternidade é solitária, dizem, mas nas poucas vezes que saiu para tomar um sol, foi interceptada por estranhas que palpitavam na forma como ela carregava a criança, na roupa quente ou fria demais, na necessidade de uma soneca ou não. Voltava para o apartamento com palpitações. Com a segunda criança, porém, seria diferente. Não era mais a mesma. Pagaria enfermeiras, babás, plantonistas, benzedeiras. A nova criança seria amada, mas não a um custo tão alto. Era nisso que Madalena pensava quando largou o brinquedo quebrado em cima da mesa e se ergueu para abraçar Dedé, ainda com o teste nas mãos. Apertou-a bem forte, apoiou o queixo nos cabelos cacheados da esposa e deixou que o silêncio se explicasse.

Ficou ainda mais desesperada para trabalhar. Precisava de um emprego antes que o segundo bebê chegasse. Ocupar-se para não ficar à disposição. Quando conseguiu uma primeira entrevista, ficou tão perdida em pensamentos, que passou o dia esbarrando nas coisas. Logo cedo, acordou para cortar as uvas da filha e, naquele dia, não arrumaria a casa. A louça esperaria na pia, o pó se acumularia nos batentes das janelas, as roupas sujas passariam a manhã largadas no chão do banheiro.

Tomou um banho longo e submergiu em hidratantes, loções e cremes, antes de escolher o que vestiria. Decidiu-se por uma roupa toda preta. Calças grudadas até o tornozelo, blusa flutuante que cobria os quadris. Então foi ao banheiro se maquiar. Começava o processo como uma pessoa de beleza mediana. Era bem magra, e tinha as maçãs do rosto e a testa protuberantes. Os olhos eram escuros, mediterrâneos, debaixo de uma sobrancelha grossa, que ela fazia questão de enfatizar ainda mais com lápis e rímel. Já havia sido parada na rua algumas vezes por estranhas interessadas em conseguir sobrancelhas iguais.

— São minhas mesmo. Nasceram assim.

Além de saliente, a testa era também alta. Madalena tentava escondê-la com o cabelo repartido de lado, mechas laterais cobrindo um pouco a parte mais alta da cabeça. Os fios eram pretos e grossos, além de muito lisos. Não se erguiam em frizz ou energia estática, não conheciam pontas duplas, brilhavam até o último centímetro, consequência de banhos de creme, hidratações e seladores. O nariz se projetava para a frente, não para os lados, e ficava acima de lábios finos. Ela carregava com orgulho os traços de que gostava, enquanto disfarçava uma ou outra linha menos lisonjeira. Tomava diariamente remédios e vitaminas que a ajudavam a manter aquela aparência. Usava bases, sombras, contornos e iluminadores com a destreza de uma artista. Sabia se aprontar de olhos fechados, no escuro, sem uma mão.

 Quando terminou de se arrumar para a entrevista, Madalena achou a chave do carro, pegou a bolsa e saiu. Foi atravessando as ruas do Bairro Novo e percebendo que fazia semanas que não ia para a cidade. Passou o mercado onde reabastecia a casa dia sim, dia não. Tinha uma amizade genuína com a vendedora de frios, com quem jogava conversa fora toda vez que precisava de embutidos, e sentiu o desejo incoerente de parar para lhe contar da entrevista. Passou em frente ao alojamento novo, praticamente pronto. Passou pela escola de Rosa, de referência, com seu modelo alternativo e conteúdo colaborativo. Quando Lena chegou à estrada mal recapeada que levava ao resto da cidade, foi inundada por uma animação singular, reluzente, desmedida. Dessa vez a pobre moça, a mãe sem leite, a mulher sem serventia, não sentiu pavor algum de sair de casa.

4

Estacionou na frente do salão. Na fachada, uma exibição de modelos cacheadas, lisas, carecas, explicavam didaticamente o que esperar do lugar. Enquanto contornava o carro a pé, Madalena foi surpreendida por uma moça sentada nas tartarugas de concreto que separavam as vagas da fachada da casa. Ela fumava e mexia no celular, as pernas abertas em V.

— Oi, tudo bem? Você tem horário marcado?

A mulher tinha o cabelo bem curto pintado de rosa e as raízes pretas aparentes. Nariz, orelhas e lábios eram furados e os piercings brotavam na cara dela como pequenas verrugas prateadas. Era gorda, especialmente nos braços e nas pernas, mas a cintura era marcada e ela tratava de defini-la ainda mais com uma calça azul de cós alto, que deixava um pedaço da barriga aparente. Não dava para saber se a camiseta de personagem de desenho infantil era irônica ou representativa da pouca idade. Tinha uma cara de desconfiança zombadora.

— Oi, não. Eu vim pra entrevista de emprego.

— Ah, você que é a maquiadora?

— Não, digo, isso. Sim, sou eu.

— Legal, vou te levar pra Ana.

As duas caminharam juntas e Madalena viu que a moça aproveitou para conferir o interior de seu carro, os bancos de couro, o para-brisa que se estendia por todo o teto, o carregador de bateria por indução. Entraram no salão. A moça gorda pediu que ela se sentasse e ofereceu um café. Madalena aceitou e, enquanto cuidava para não queimar os dedos no copinho de papel cheio até as bordas com o líquido doce demais, ficou observando o ambiente.

O barulho dos secadores foi a primeira coisa que notou. O ar era úmido e carregado de um cheiro doce. Uma estação de lavagem com quatro cadeiras pretas reclinadas, dois espelhos imensos que se estendiam ao longo das paredes laterais, e muitas cadeiras de altura ajustável espalhadas na frente deles. Aglomerados nos cantos ficavam os banquinhos e as mesinhas das manicures. Pareciam de criança, mas estavam sob rodinhas e suportavam mulheres adultas, constantemente comprimidas para alcançar pés e mãos alheios. Era um salão de cabeleireiro como todos os outros. Aos olhos de Lena, porém, era espetacular.

Demorou para encontrar a estação de maquiagem, mas lá estava ela, em um canto. Uma única mesa cercada de dezenas de embalagens de cosméticos. Para dar um ar mais dramático ao lugar, era lá também que ficavam expostos os esmaltes, organizados por cor, um mar de vermelhos e rosas e beges e neons.

Madalena viu uma mulher se aproximando e, de repente, foi tomada pelo terror. Por um momento, havia descartado a possibilidade de não gostarem dela. Ana, no entanto, chegou sorridente, com o braço direito já aberto para abraçá-la.

— Madalena, que prazer te conhecer!

Deram dois beijinhos exagerados.

— O prazer é todo meu. Obrigada por arranjar um tempo.

— Imagina, a dra. Lúcia falou muito bem de você. Foi difícil chegar até aqui? Você mora muito longe?

— Não, eu moro no Bairro Novo. É rapidinho.

Ao som de "Bairro Novo", Ana ergueu as sobrancelhas e passou a olhar para Lena com ainda mais simpatia. Era uma mulher voluptuosa, com as carnes muito redondas mantidas nos lugares certos com uma cinta modeladora que aparecia por baixo do vestido justo. Tinha mechas loiras espalhadas pelo cabelo que se esticavam até o quadril. As unhas eram afiladas, como as de um felino. Trazia na mão esquerda um celular que ela carregava com os dedos espalmados, já que as pontas estavam interditadas pelas unhas. Para completar, tinha um dos dentes incisivos lascados na lateral, destacando os caninos, como uma tigresa. Não parava de sorrir, enquanto analisava o cabelo, as unhas e o rosto de Lena. Pareceu gostar do que via. Levou-a para a cadeira mais afastada do salão e pediu que ela se sentasse.

— Quer dizer que você quer trabalhar com a gente.
— Sim, adoraria.
— Você já trabalhou com maquiagem?
— Nunca assim, num salão, mas maquio pessoas faz muitos anos.
— Não tem problema algum. Foi você que fez a sua? Está ótima.
— Sim, fui eu.
— Muito bem contornado.
— Obrigada.
— E de onde que você conhece a dra. Lúcia? Você já fez algum serviço pra ela?
— Não, a Lu trabalha com a minha esposa há anos. Começou como estagiária, eu acho, quando ainda estava na faculdade. Foi a Andrea que a contratou para o ministério.

Ana abriu ainda mais o sorriso. Passou a língua no canto quebrado do dente. Parecia muito satisfeita. Ofereceu um café e Madalena sentiu que tomar mais um a deixaria mais próxima da vaga. Assentiu.

— Tomé, vem cá! Você poderia trazer um cafezinho pra Madalena? Mas traz naquelas xicarazinhas de louça, viu? Estão atrás do caixa.

A moça do cabelo rosa logo apareceu com duas xícaras de café. Lena reparou que havia até um chocolate no pires dessa vez, ao lado da colherzinha de inox e de um saquinho de adoçante. Tomé fez uma reverenciazinha caricata antes de ir embora, que Madalena registrou com o canto do olho. Ela comeu o chocolate, abriu o adoçante, usou a colherzinha.

— Eu vou ser bem sincera com você. A gente está com bastante pressa pra essa vaga, e eu gostei muito do seu perfil. Você podia ficar uns quinze dias com a gente, como teste? Pra ir pegando o jeito?

— Claro, seria um prazer.

— Aí, depois a gente pensa num jeito de te pagar por esses quinze dias, caso você fique mesmo aqui.

— Imagine, nem se preocupe, isso é o de menos.

Madalena viu que era essa a resposta que Ana esperava. Ficou mais um tempo observando a cara tigresa da dona do salão antes de perceber que a entrevista havia acabado. Aparentemente, tinha sido bem-sucedida. Não sabia o que fazer em seguida. Nem precisara mostrar as fotos que havia separado no celular, não precisara maquiar ninguém. Em vez disso, bateu com as mãos abertas na perna, como dizendo "então é isso". Ana se levantou e deu mais um abraço nela.

— Não vejo a hora de trabalharmos juntas. Acho que você tem muito a acrescentar ao nosso salão — disse antes de se afastar, rumo a alguma cliente que a esperava com o cabelo enrolado em uma toalha.

Madalena ficou parada no meio da sala. Agora precisaria encaixar sete anos de expectativas com aquilo que estava à sua frente. Tinha um emprego, e ele cheirava a acetona e spray de cabelo. Tomé apareceu para acompanhá-la à saída. Caminharam até o lado de fora, e ali a moça decidiu acender mais um cigarro.

— Vem cá. Por que você quer mesmo trabalhar aqui?

— Eu?
— Sim, quem tem um carro desses não precisa desse emprego.
— Ah, o carro é da minha mulher. Eu gosto de maquiagem.
— Claro. Eu também amo empurrar uma cutícula.

Tomé tinha uma curiosidade genuína, tão verdadeira que Madalena até tentou, mas não conseguiu se irritar com ela.

— Eu precisava sair de casa. Se eu passasse mais um dia levando a minha filha na aula de caratê, eu ia enlouquecer.

Tomé abriu um sorrisão.

— Então já era. A gente vai se divertir.

5

Rosa entrou correndo pela porta da frente e continuou correndo, dando pulinhos, se apoiando na cadeira ao lado daquela em que Madalena estava. A mãe conhecia a agitação.
— Mamãe, mamãe, tinha milk-shake na festa da Flora!
— É mesmo?
— Sim! E sorvete também! E brigadeiro, e bolo, e jujuba. Sabia que a gente achou uma minhoca? Eu ganhei um bambolê. E a Letícia derrubou um copo inteiro de suco em cima da Tati!

Quando a filha estava no meio de uma overdose de açúcar, não havia como acalmá-la. Ficava alvoroçada, irrequieta, e às adultas só restava esperar o barato passar. Iria pular, gritar e se chacoalhar por um tempo ainda. A mãe viu a menina se jogando por cima do encosto do sofá, dando uma cambalhota desajeitada, e depois correndo para repetir a acrobacia. Se ficasse apenas na excitação, poderia até ser engraçado, mas Madalena sabia que em seguida viriam as muitas horas de dor de barriga. Teriam uma longa noite, as duas. Rosa só se acalmaria de madrugada, enfiada no meio das mães. Por isso, Lena controlava a quantidade de açúcar que a menina ingeria. Polícia do açúcar, era como Dedé a chamava.

Rosa agora se equilibrava nos braços do sofá e pulava no chão. Depois começou a cantar. Atrás dela, a babá descarregava embalagens, gravetos, uma bonequinha de plástico e outros tesouros de infância. Tirou da bolsa também as coisas úteis: o uniforme da escola, a mochila, a lancheira. O bambolê foi equilibrado em pé perto da porta de entrada. Então se dirigiu à cozinha para lavar a lancheira.

— Foi boa a festinha, Vânia?

— Foi boa, sim, dona Madalena. A Rosa comeu bastante.

— Que bom. Mas eu já falei que é pra você me chamar de Lena.

— Ah, sim, pode deixar.

Vânia era a mais nova funcionária da casa toda branca no final do Bairro Novo. Tinha sido contratada assim que Madalena conseguira o emprego no salão, e estava se adaptando bem às manias do lar. Na primeira conversa que tiveram, a patroa estranhou o jeito comedido da babá. Carregava uma bolsa no ombro esquerdo e tirou de dentro dela cinco folhas grampeadas em uma apostila de plástico. Entregou o currículo e os certificados de cursos em um gesto calmo, pensado. Não é que fosse tímida, era séria, muito séria, e explicou a maneira como gostava de trabalhar de forma tão lógica e coesa, que Lena ficou imaginando que estivesse em uma reunião de governo.

Vânia se movimentava com consciência e ouviu a descrição da futura chefe com atenção profunda e um olhar firme que não desviou por um segundo. Foi registrando os pedidos e preocupações de Madalena em um pequeno bloco de papel e, quando a mãe parou de falar, ainda ficou um tempo revendo as anotações. Só então levantou os olhos quase pretos e deu seu diagnóstico.

— Tenho certeza de que, em pouco tempo, a Rosa vai estar comendo de tudo.

Madalena olhou de soslaio para a própria filha, assistindo à televisão na sala, ao lado de uma porção de uvas-passas intocadas. Vânia viera muito bem recomendada, cheia de formações, e Lena seria louca de deixar aquela joia escapar. Contratou-a logo depois da entrevista, aproveitando que a moça não negociou o salário. Assim que ela se foi, ficou pela janela observando-a atravessar o jardim na frente da casa e ir embora a pé, rumo à entrada do bairro. Andava com o olhar erguido, não conferiu nem uma vez o celular ou virou a cabeça, como que teleguiada.

Vânia chegou no primeiro dia de contrato enfiada em uma camisa branca.

— Vânia, que bom te ver. Mas eu te falei que não precisa de uniforme aqui em casa.

— É a minha roupa normal, dona Madalena.

De fato, Vânia usava essa camisa, ou peças idênticas a ela, quase todos os dias. Chegava quieta e ia direto para o banheiro lavar as mãos, como aprendera no curso de enfermagem. Era magrinha como uma louva-a-deus, de braços e pernas esticados. O pescoço era comprido também. Quase não comia, ou melhor, preferia comer quando ninguém estava olhando, era o que falava. Noutros dias, dizia se esquecer de comer, e só se lembrava à noite de que tinha passado o dia à água, quando o estômago gritava e então Madalena dava uma bronca condescendente, mandando-a fazer um sanduíche, o que nunca acontecia. Rosa, alegria destilada que era, logo se afeiçoou a ela. Seguia-a por todo canto, embora Vânia não fosse dada a grandes gestos de amizade, abraços ou beijos.

O que a babá tinha, e ninguém mais naquela casa, era uma enorme sintonia com o universo infantil. Sentava-se no chão e passava horas fabricando mundos imaginários com a menina sem nenhum sinal de enfado, longe de muletas como telas ou celulares, genuinamente entretida. Fazia vozes, cabaninhas, experimentos. Madalena esperava que Vânia fosse dedicada nos primeiros dias de serviço, os que a patroa ainda estaria em casa, para impressioná-la, mas a verdade é que ao longo das semanas jamais a flagrou fora do personagem. Chegava do serviço nos horários mais variados e lá estavam as duas no jardim brincando de esconde-esconde. A mãe passava pelo quarto e ouvia as duas se divertindo, entretidas com as mãos cheias de cola e o chão forrado de brinquedos. Lena foi tomada por uma inveja inédita, em nada relacionada com a atenção que a filha dedicava à outra, mas com o temperamento da babá, uma mulher maternal, por fim, como Madalena passara todos esses anos tentando ser.

Quando preparava comida para Rosa, Vânia não se atinha à lista de ingredientes que Madalena passara, com o aviso de que eram os únicos tolerados. Em vez disso, cozinhava com variedade e criatividade, tons de verde, laranja e vermelho, uns cheiros exóticos que se espalhavam pelos ambientes. Então trazia a menina à mesa com algum apetrecho encontrado no quarto — uma boneca, um livro de colorir, lápis e papel — e ia distraindo-a com conversas furadas que Rosa amava. Quando terminava seu feitiço, Rosa tinha devorado o prato inteiro, brócolis, grão-de-bico, rúcula, tomate. Madalena, encostada à porta que levava ao corredor, não podia acreditar no que via.

Não fossem os alimentos desaparecendo das prateleiras, Lena teria desconfiado dos relatos de Vânia sobre as refeições. Certa vez, testemunhou a filha devorando sem drama uma porção de escarola, atenta à história que Vânia lhe contava. Em vez de se alegrar, ficou com raiva. Ofereceu uma sobremesa à filha. No fim de semana, tentou repetir o cardápio, mas, como não poderia deixar de ser, Rosa se recusou a comer. Teve que descongelar um bife.

Meses se passaram antes que Lena desenterrasse alguma informação pessoal sobre Vânia. Descobriu que ela era casada só porque mencionou conhecer o cartório do centro, onde tinha tirado sua certidão. Descobriu também que tinha uma irmã, porque uma única vez a ouviu comentando que havia criado a sobrinha antes de arranjar esse emprego. Em contrapartida, a babá tinha decorado todas as dinâmicas da casa, cada oscilação de humor na cara das patroas, que não eram poucas, e sabia o que dizer para deixá-las satisfeitas.

Um dia, logo pela manhã, antes de a mulher e a filha acordarem, enquanto recolhia os brinquedos espalhados pela sala e os levava para o quarto da criança, Madalena percebeu que não sabia mais onde guardá-los. Estava tudo mudado no quarto ainda escuro de Rosa. Então compreendeu: era uma nova espécie materna agora. Ficou olhando os carrinhos de plástico em sua mão de unhas perfeitamente pintadas. Celebrou a liberdade alcançada à custa da outra, mãe vocacionada sem filhos.

Foi até a cozinha preparar o café e depois acordou a menina. Vestiu-a, escovou-a, limpou seus dentes e a despachou para a van escolar. Depois comeu ao lado da esposa, já imersa na lista de tarefas. Foram juntas para o banheiro se arrumar para o serviço. Ficaram lado a lado, olhando de sobrancelhas erguidas para o mesmo espelho, aplicando protetor solar, hidratante e antirrugas.

Madalena parou para acariciar a barriga de Andrea e trocar algumas palavras com o bebê embrulhado na esposa. Dessa vez, a barriga crescia lenta, contida, sem se esparramar pela casa. O clima entre as duas nunca esteve melhor. Lena percebeu quanto o ressentimento pesara dentro dela nos últimos anos. Os dias trancada em casa haviam deixado nela sedimentos de mágoa, que arrastava consigo de um lado para o outro como correntes. Tinha ficado tanto tempo chumbada ao chão, amargurada com a própria vida, que ficou surpresa ao descobrir como era quando estava feliz. Tinha um bom senso de humor. Gostava de dançar. Dava uns pulinhos para ir mais rápido do quarto à sala.

Uma vez prontas, Madalena e Andrea acertavam a agenda do dia — Dedé traria a janta da rua, Lena tentaria comprar um novo par de tênis para a menina durante a hora do almoço — e se davam um beijo protocolar na soleira da porta de entrada. Então cada uma seguia seu caminho.

6

A faixa escura saía do centro da orelha até quase o canto da boca. Estendia-se dividindo a face em duas, dois centímetros de largura, de um marrom da cor de leito de rio. O mesmo marrom também sublinhava a raiz do cabelo, as bordas do nariz, a ponta do queixo e toda a mandíbula inferior, arrastando para as sombras os traços menos lisonjeiros. Já a tinta clara era reservada às partes nobres: o alto da testa, a covinha funda em cima dos lábios superiores, uma linha vertical sobre todo o nariz e as maçãs do rosto. Dois triângulos brancos, cujas pontas ficavam nas têmporas, no canto interno dos olhos e no fim da boca se sobressaíam de todo o resto. O rosto esquadrinhado, a máscara.

Por trás da pintura de guerra, olhos temerosos. Espiavam Madalena pedindo alguma garantia de que não seriam carregados assim pela rua, entre manchas brancas e marrons. Então Madalena sacava a esponja e começava a dissolver as fronteiras entre o claro e o escuro. Os pós e os líquidos iam se espalhando de forma misteriosa sobre a pele do rosto, até virarem mera lembrança, sombra e luz. O contorno da maquiagem agora servia para afinar o nariz, esconder a papada, encolher os queixos protuberantes, erguer as maçãs do rosto. Por trás dos pincéis surgia, toda vez, uma mulher linda.

Lena contornava o rosto de muitas clientes todos os dias, mas as sextas-feiras eram especialmente agitadas. Nelas, tornava-se uma máquina de fazer belezas. As clientes se sentavam esperançosas na estação de Madalena e ficavam aguardando o milagre de olhos fechados.

— Minha querida, o que vamos fazer hoje? Qual é a ocasião que vai deixar esse rostinho incrível ainda mais deslumbrante?

Até ela se surpreendia com as frases que saíam de sua boca. As senhorinhas enrubesciam no começo e ao final ficavam admirando o rosto pintado com orgulho. Noivas, madrinhas, debutantes, aposentadas. Madalena botava o que sentia dentro de si na face das clientes. Cada rosto maquiado, uma confirmação de sua alegria. Os quinze dias de teste passaram voando e se transformaram em um contrato oficial, uniforme, chave para o banheiro das funcionárias.

Madalena gostava da adrenalina que sentia ao ver a agenda cheia, um nome atrás do outro, os horários se enganchando até o fim do dia. Passava o antebraço teatralmente sobre a testa enquanto atravessava o salão, indicando a correria para as colegas. Entre uma cliente e outra, fazia uma pausa para fumar. Como uma adolescente, sucumbiu à pressão das parceiras de trabalho e começou a aceitar as pausas para um cigarro, sempre feitas do lado de fora, na lateral do salão ou, como Tomé gostava, sentada no meio-fio do estacionamento. Falavam da vida, compartilhavam segredos, contavam os planos para o fim de semana.

— Esse domingo vai ter festa do emprego da minha mulher — disse Madalena.

— Esse domingo vai ter festa lá na minha cama. Vou passar o dia inteiro dormindo — respondeu Tomé.

As duas riam. Tomé andava com uma bolsa de alça comprida a tiracolo que não largava nunca e lhe dividia os peitos. Dentro dela ficavam o maço de cigarro, um pacote de chicletes e alguma comidinha — uma paçoca, umas bananas secas — que sempre compartilhava com Madalena em um gesto automático. Ficavam sentadas no meio-fio comendo, fumando e trocando impressões sobre as colegas, o tudo e o nada.

— Jesus, quem foi que falou pra Ana que ela fica bem de sombra verde? Parece um jacaré.

A manicure ria alto à custa da chefe e Madalena ia caprichando nos comentários maldosos, muleta simplória para o novo laço. Chacoteavam das estagiárias que lavavam cabelo, da stylist de cabeça raspada e das moças da limpeza. Tomé, por sua vez, perguntava de Rosa e do novo bebê que estava por vir. Tinha vinte e dois anos e era fascinada pela vida adulta de Madalena, tão distante da dela. Queria saber dos detalhes envolvidos em preparar um novo ser humano para o mundo. Já Lena ficava observando a colega rir, guardando os trejeitos para tentar incorporá-los aos seus, de modo a tornar-se jovem e despreocupada como ela. Em casa, na hora do jantar, repetia as expressões que aprendia com Tomé.

— Cara, eu não sei se você tem isso, mas às vezes você também se enxerga como um ser enorme? Ou então muito pequeno?

— Oi?

— É, tipo, quando você vai pensar na sua mão, ela aparece gigante na sua cabeça. Ou então você imagina o seu pé e ele fica do tamanho de uma formiga. Sabe?

— Você está maluca, Tomé.

— Não, eu juro. Acontece o tempo inteiro!

— Espera. — Lena fez que digitava um número no celular. — Estou ligando pra minha psiquiatra. Vou ver se ela consegue te internar ainda hoje.

A manicure explodiu em uma gargalhada que impulsionou pedaços de paçoca para longe. Uma delas caiu na bochecha de Madalena, que começou a rir ainda mais alto, enquanto exagerava na careta de nojo. Cada uma caiu para um lado, rindo e rindo, até Ana aparecer na porta.

— Tomé, que galinheiro é esse? A sua cliente das quinze chegou.

A moça levantou rapidinho. Foi correndo equilibrar o traseiro grandioso em cima do banquinho de manicure. Tinha as mãos sempre cobertas de manchas de esmalte, do excesso de tinta que ia tirando das cutículas com um palito comprido. Madalena dizia que eram mãos de arco-íris. Depois foi a vez da maquiadora entrar no salão. Assim que atravessou a porta, foi recebida por um grito.

— Lena, esqueci que você estava trabalhando aqui!

Era Lúcia, a ex-estagiária de Dedé, a que lhe arranjara esse emprego. Frequentava o salão, mas não haviam se encontrado ainda. Madalena também soltou um grito exagerado e deu uma corridinha de passos curtos até a amiga.

— Lu, que bom te ver!

Lúcia estava com a cabeça coberta por lâminas de alumínio, o descolorante agindo dentro das trouxinhas metálicas, transformando-a na loira que não era. Abraçaram-se sem se tocar e deram dois beijos no ar, a muitos centímetros de distância da bochecha, para não atrapalhar o tingimento. Lúcia tinha um rosto que atordoava Lena toda vez que se viam. O nariz era do tipo que não existia na natureza: pequeno, curto, ponta arrebitada, de catálogo de cirurgião. Os olhos eram redondos e turquesa. Tinha uma boca que beijava sem se mexer.

Lúcia esperava os químicos fazerem efeito com a impaciência que lhe era usual. Estava descalça e repousava os pés em cima da perna de Tomé, que lixava concentrada um de seus calcanhares. Ficava conferindo o celular mesmo durante a conversa, os olhos se intercalando entre Madalena e a tela brilhante. Gesticulava entre uma fala e uma mensagem enviada. Passava a mesma impressão desde a primeira vez que Lena a vira, a de um carrinho de controle remoto ligado com o botão avariado, alguém em todos os lados ao mesmo tempo.

— E aí, como vai a vida de mulher trabalhadora?

Lúcia pegou na mão de Madalena para conversar e um arrepio se espalhou por seu corpo. Lena sentiu a pele macia da amiga roçando-lhe os dedos, e precisou se concentrar na conversa para não aparentar perturbação. Lembrou-se da outra vez que se encostaram, debaixo d'água, as mãos tocando a cintura, as coxas esbarrando umas nas outras.

Tinham ido passar um fim de semana na praia. Madalena estava na areia, mas ficou observando a amiga correndo até o mar, entrando na água fresca sem hesitar, deixando as ondas quebrarem no colo. Então mergulhou e Madalena a viu desaparecer e emergir da água, cada vez mais longe, parando de vez em quando apenas para acenar e chamá-la para entrar também. Lena, sentada ao lado de Andrea na areia, respondia balançando os braços em gestos largados de "não", sem que nenhuma palavra saísse de sua boca.

O sol do começo da tarde se refletia no guarda-sol laranja fincado na praia e dava às duas uma aparência hepática. Tinham acabado de conseguir arrancar Rosa da água sob promessa de batatas fritas de saquinho e um picolé de brigadeiro de almoço. Uma secava a menina, enquanto a outra espalhava o protetor solar. Sentiam que deviam ficar juntas na tarefa maternal, em uma parceria companheira e sádica. Madalena percebeu uma gota de suor surgindo atrás de sua orelha esquerda e se esgueirando até o pescoço.

— Vai lá nadar. Eu dou a comida pra Rosa — disse ela.

— Não, vai você. Acabei de reforçar o protetor — respondeu Andrea.

Lena ficou tentando discernir se a oferta era genuína ou se seria cobrada depois. Não conseguiu decifrar, mas decidiu que valia o mergulho. Tirou a saída de praia ainda sentada na cadeira de lona. Era alta demais, ossuda, e caminhou até o mar tentando não chamar atenção. O maiô turquesa contrastava na pele, que se arrepiou inteira assim que os pés tocaram o mar.

Ao contrário de Lúcia, Madalena entrou hesitante na água, um passo atrás do outro, deixando o oceano escalar seu corpo. Quando a água bateu no peito, parou. Tinha passado a arrebentação e ficou um tempo sentindo a oscilação do mar, olhando o sol se espalhar em brilhantes sobre a superfície. Lembrou-se de sua infância, quando observava a cintilação da água do lado de fora da piscina, enquanto seus amigos nadavam. Nunca mais vira nenhum deles. Viver é acumular saudades.

Acordou das memórias ao ouvir a voz de Lúcia ao longe.

— Vem mais pro fundo! Aqui não tem ninguém.

Lena fez que não com a cabeça e o indicador em riste, e reforçou a presilha no topo da cabeça para não molhar o cabelo. Ficou cravando o acessório no couro cabeludo para prender os fios.

— Ah, para. Não vai dizer que você não vai dar nem um mergulho?

Lúcia havia chegado por baixo da superfície, como uma enguia. Madalena tomou um susto e o coque se desmanchou em fios boiantes sobre o mar. O cabelo da amiga, lambido para trás, agora deixava ainda mais evidente seu rosto de boneca. O calor, o mergulho, uma certa euforia.

— Vou te contar um segredo, Lu, mas você não pode contar pra ninguém.

Lúcia arregalou os olhos da cor do mar e chegou mais perto da amiga, que sorria com malícia.

— Claro, imagina, não vou contar.

— Eu não sei nadar.

Madalena caiu na risada com a cara de decepção da amiga. Não conseguia evitar, tinha o hábito de provocá-la, principalmente quando estavam sozinhas, mais ainda quando percebeu que era correspondida. Lúcia deu uma gargalhada.

— Mas não é possível!

— É verdade, ninguém nunca me ensinou.

— Uma marmanja desse tamanho. Não pode ser.
— Agora é que eu não aprendo mais.
— Para com isso. Eu vou te ensinar hoje mesmo!
Madalena fez primeiro um charme, disse que não conseguiria, mas então cedeu. Lúcia se posicionou do lado direito dela, pôs uma mão em sua barriga, e com a outra começou a chutar as pernas de Madalena debaixo d'água.
— O que é isso?
— Ué, você quer nadar com os pés no chão? Levanta aí que eu te seguro.
Madalena testou erguer uma das pernas. Duvidou que aquela mulher miúda pudesse sustentá-la, mesmo com todo o empuxo da água, mas foi o que aconteceu. Lena ficou esticando o pescoço para fora da superfície, enquanto Lúcia a mantinha flutuando. A pedidos, começou a bater as pernas. A água voou muito mais longe do que esperava e ela ficou com vergonha. Sentiu-se tola. Não era o que tinha imaginado.
— Isso, muito bem. Levanta mais a perna esquerda, quero ver a água espirrar.
Lena deu umas voltas na amiga, menos concentrada na natação do que no toque de Lúcia em sua pele. As mãos às vezes escapavam para cima e para baixo na tentativa de contê-la, nos limites do maiô, o que atordoou Madalena. Quando a comoção se tornou grande demais, se pôs de pé.
— Pronto, já deu. Tá ótimo.
Lúcia a olhava, marota.
— Que foi, cansou?
— É, não quero nadar. Vim pra água pra descansar.
— Sei.
Madalena percebeu que, por mais que acreditasse que sim, não conseguiria acompanhar Lúcia naquele jogo e o encerrou por ali. Ajeitou de novo o cabelo para o alto e voltou o rosto corado para a areia. Viu de longe a filha brincando

ao lado do guarda-sol laranja e Andrea encarando o mar na direção das duas. Precisou de um tempo para se recuperar. Então conferiu se o maiô estava nos lugares certos, saiu da água meio desajeitada, meio expulsa pelo mar que a empurrava com as ondas e, como a fiel esposa que era, sentou-se ao lado de Andrea.

No salão, Madalena e Lúcia ainda conversavam de mãos dadas. Falaram sobre o piquenique inundado de Rosa, "Mas que azar que você deu com o tempo, hein?", depois comentaram a gravidez de Dedé, "Ela está entrando naquela fase boa, né. Uma barriguinha linda", mas logo acabaram caindo no papo do ministério, como sempre.

— Você vai no domingo?
— Claro, senão a Andrea me mata.

Lúcia e Andrea estavam havia meses sendo sugadas pelo alojamento novo. Dedé era a responsável pelo projeto, Lúcia cuidava dos trâmites legais. A construção atrasou, o orçamento ficou três vezes o inicial, a gestão questionou decisões tomadas anos atrás. Era, de longe, o projeto mais venturoso da carreira das duas.

Madalena conhecia os detalhes de cor. Era o que debatiam, ela e a esposa, por cima do jantar, quando uma chegava frustrada do ministério depois de mais um dia de reuniões infrutíferas, e encontrava a outra igualmente frustrada por motivos domésticos. Lena tinha desenvolvido uma aversão pelas lamúrias da mulher. Toda vez que Andrea reclamava do alojamento, Madalena ficava nauseada, a mente saía para passear, vagava pela longa lista de tarefas a serem concluídas, sobrevoava o Bairro Novo e chegava enfim ao passado, enquanto o corpo permanecia no lugar, simulando com sua presença carnal, muscular, um interesse inexistente. Agora o alojamento estava a semanas de ser concluído.

— A Irene também vai? — perguntou Madalena para Lúcia.

— Menina, a Irene pegou uma virose horrorosa. Ficou a semana toda de cama, sem conseguir levantar. Tive que ficar fazendo sopinha pra ela, medindo a temperatura.
— Ah, é bom mimar a esposa de vez em quando.
— Sim, sim, mas ela já está melhor. Acho que vai no domingo também.
— Ótimo, então vejo vocês lá. Manda um beijo pra ela.
— Mando, sim.

Simularam de novo um abraço à distância e Madalena fez um carinho no ombro de Tomé antes de ir embora. Tinha só mais uma cliente para arrumar, uma pigmentação de sobrancelhas em uma menina novinha. Depois sairia voando para render a babá. Era corrido, mas preferia assim.

7

Lena foi a última a acordar no domingo, o que nunca acontecia. Quando chegou à cozinha, encontrou a família na mesa do café da manhã, o pão fresco no cesto sugerindo uma ida à padaria, o mamão descascado, o café passado já meio frio no bule. Andrea e Rosa conversavam entre sorrisos e Madalena sentiu ter sido teletransportada, aquela harmonia toda não tinha cabimento. Assim que a menina a viu, foi correndo abraçá-la.

— Mamãe dorminhoca, eu queria te acordar, mas a mami não deixou.

— Ué, era pra deixar a mamãe dormindo mesmo. Bom dia, Lenita, quer um pedaço de bolo de laranja?

Madalena foi até a cadeira de Dedé e deu um beijo na cabeça da esposa em cima dos cabelos presos. Fez uma coceguinha na barriga dela e se sentou, admirando as duas, inclinando a ponta da boca para baixo em uma careta de surpresa e admiração.

— Vocês estão animadas, é?

Andrea não dormia havia dias. O sucesso e o fracasso daquele domingo dependiam dela. Tinha passado no alojamento apenas uma única vez, algumas semanas atrás, e constatado que as coisas estavam longe de terminadas. As colegas juravam ter tudo sob controle agora, mas quantas vezes elas não haviam se enganado? Ficava pintando cenários catastróficos para si mesma.

— Se não gostarem, Lena, eu posso ficar sem emprego.

Madalena mentia para ela, umas mentirinhas de amor. "Até parece", "não fala besteira". Calava-a com abraços, mas sabia que era verdade. Nos últimos anos, Dedé tinha subido tantos postos no trabalho que nem ela mesma seria capaz de recitar cada um. Acabou caindo na secretaria de projetos especiais dentro do ministério, sem experiência em obras desse porte. Tinha feito carreira na segurança pública, vigiar e punir, coisas assim. Mas Andrea era um trator e, trator que era, ia aplanando problemas com o peso da própria determinação. A Madalena cabia ser apoio incondicional, coadjuvante da heroína da ocasião. Terminaram o café com uma tranquilidade exagerada que, Lena sabia, era o jeito de Dedé fingir calma.

— Não querem mais mamão? Quer que eu passe mais um café?

Madalena ficou arrumando a cozinha, enquanto a companheira foi para o quarto se ajeitar. Dedé voltou em quinze minutos, já toda vestida com a roupa escolhida semanas antes. Parou do lado da esposa com olhos pedintes. Queria ser maquiada. Madalena secou a espuma das mãos na calça do pijama e foi ajudar a esposa. Rosa estava berrando lá do quarto, enquanto lutava com a roupa separada para ela.

— Não quero ir de vestido! Não vou, de jeito nenhum!

Lena ficou se dividindo entre as duas. Passava base na adulta, enquanto tentava convencer a criança a pelo menos provar o vestido. Depois espalhava o pó, e negociava mais um pouco. Estava passando sombra nos olhos da grande quando decidiu parar de lutar com a pequena e deixá-la escolher o figurino. Na hora do rímel, vetou a bermuda de moletom que Rosa vestira. Quando finalmente terminou de embelezar a esposa, também ficou satisfeita com a roupa da filha, de calça arrumadinha e blusa colorida. Estavam lindas.

Ficaram prontas bem antes do horário, mas Madalena preferiria bater o pé na quina da mesa a ficar olhando Andrea caminhando em círculos pela sala, ajeitando a barra do vestido sem parar, esticando-o sobre as coxas, graças ao corpo mais volumoso do que imaginava estar na ocasião. Decidiram sair de casa. Apesar da proximidade do alojamento, foram de carro. Lena raramente ia para aqueles lados do bairro. Ficou surpresa com o tamanho da construção à medida que o veículo ia se aproximando. A instalação ocupava toda a parte leste do Bairro Novo, e uma cerca com arame farpado contornava o terreno. O único respiro ficava na portaria, que elas cruzaram sem dificuldades.

Dedé foi recebida como uma autoridade. Por todos os lados, pessoas desviavam de seus caminhos para cumprimentá-la, menos felizes por vê-la do que afoitas para cair em suas graças.

— Dra. Andrea, que bom te ver por aqui. Que família linda que a senhora tem.

Madalena estranhava a cerimônia. Sentia-se observando uma cena secreta, feita para olhos que não eram os dela. Dedé mudava a voz para falar com aqueles seres desconhecidos, usava palavras que não eram nunca ouvidas em casa, como "sinergia" ou "satisfação", enquanto Madalena a observava como a um animal exótico. Lena estava equilibrada em um salto fino e ficava um palmo mais alta do que a esposa, um monumento em homenagem à distinta dra. Andrea. Foram entrando pelo portão principal até chegarem a um dos pátios internos, cercado por palmeiras ainda pequenas e uma fonte de água ao lado da qual haviam sido montados um palco e um auditório externo para as solenidades.

Havia algumas dezenas de pessoas reunidas. A maior parte, burocratas do Estado, oficiais de cargos altos e importantes, e assistentes que estavam lá para servir às primeiras. Vestiam-se iguais, terninhos, calças bem cortadas, camisas e sapatos sociais. Só era possível distinguir os dois grupos pela forma como se movimentavam. As pessoas importantes se locomoviam lentas, enquanto as funcionárias iam e vinham sem parar, resolvendo problemas.

Oficialmente, tratava-se da última vistoria do alojamento antes da inauguração. Na prática, era uma cerimônia para os altos cargos do Ministério da Justiça e Segurança Pública, para a qual até o gabinete da presidência havia confirmado presença. Quando se lembrava disso, Andrea era atravessada por um arrepio. Na hora em que subiu ao palco para discursar, precisou se segurar no púlpito para não cair. Acariciava a barriga só um pouco protuberante como um amuleto, para ganhar coragem e evocar sorte. Ao final, não desapontou, foi ovacionada em pé.

Rosa, no entanto, não se impressionou. Não quis saber dos aplausos. Assim que a mãe desceu do palco, ficou puxando Andrea para perto dos carrinhos de golfe que as levariam para as outras áreas do alojamento, enquanto a mãe importante tentava conversar com pessoas de rosto solene. Madalena invejou a filha. Podia demonstrar o que sentia daquele jeito urgente, voluntarioso, rude. Queria ela poder puxar Andrea para longe também. Lembrou-se nostálgica de quando Rosa era menor e a usava como álibi para deixar de fazer coisas que não queria sem medo de ser desmascarada. "Que pena, querida, não vou conseguir ir no seu chá de panela. A Rosa está meio gripadinha, sabe como é." Assim que a filha passou a falar, a estratégia ruiu.

A criança só sossegou quando o tour começou. Sentaram as três, a ministra e mais duas assessoras em um carrinho grande, e foram levadas para dentro do imenso complexo. Andrea usava sua voz de trabalho para falar com a ministra e explicar detalhes orçamentários e alterações no projeto inicial. O carrinho chacoalhava em cima das pedras portuguesas, balançando partes do corpo das passageiras que elas nem sequer sabiam serem móveis. Madalena sentiu a mente mais longe que nunca, do outro lado do mundo, atravessando continentes.

Logo chegaram a um centro comercial, também a céu aberto. Pequenas casas geminadas, de vitrines ainda vazias e que abrigariam lojas de todo tipo, recepcionaram as visitas ilustres.

— Vestuário, comida, ferramentas, material de construção, e muito mais — explicava Andrea.

Cada loja era pintada de uma cor berrante diferente, verde-bandeira, amarelo-gema, turquesa, como em um quadro naïf. Madalena teve o ímpeto de pular do carrinho para se assegurar de que não se tratava de um cenário, mas, adulta que era, se conteve.

Ao fim do centro comercial, desceram do carrinho e caminharam até uma biblioteca de projeto arquitetônico esforçado e umas pontas de aço mirando o céu. Ao lado, havia um teatro pequeno e um complexo multissalas de cinema ainda sem cartazes na porta. Dedé e as assessoras rondavam a ministra como abelhas no café açucarado, de maneira que Lena e Rosa logo ficaram sozinhas.

A mãe deixou a filha guiar o caminho e assim passaram por futuras barbearias, oficinas de moto e marcenarias, até chegarem a uma praça parecida com a do aniversário de Rosa, na qual havia sido pintado um tabuleiro de xadrez no chão. A menina não conhecia as regras, mas ficou arrastando as peças de um lado para o outro, enquanto Madalena fingia jogar. Depois de algum tempo, o resto da comitiva apareceu. Andrea parecia satisfeita quando pegou na mão de Madalena para que caminhassem juntas.

— O que você achou?

— Impressionante, Dé. Não acredito que você fez tudo isso.

Madalena deu um beijinho protocolar na esposa, que sorriu. Seguiram até o centro poliesportivo. Havia quadras de futsal, vôlei e basquete, além de pistas de skate e equipamentos de ginástica ao ar livre. Por trás das três piscinas — duas olímpicas, uma recreativa com tobogãs — ficavam os ringues de MMA e de boxe, e também os campos de futebol. Um atrás do outro, em tamanho oficial, eles se estendiam por metros e metros. A grama tinha sido instalada de forma muito mais eficiente do que nas pracinhas, e Lena foi tomada por uma vontade de se deitar naquele carpete macio, deixar o sol banhar seu corpo e dormir até o dia passar. Por toda parte, o mesmo odor de produtos químicos que, nos dias de vento morno, tomava o bairro inteiro.

Dedé ressaltou inúmeras vezes para a ministra que o alojamento seria um marco histórico, uma revolução na maneira de tratar seus moradores. A ministra assentia e fazia mais perguntas, que Andrea e as assessoras competiam para responder.

— Poderemos abrigar até mil e quinhentos doadores com conforto aqui.

A ministra pediu para conferir o grande estádio, que ficava ao final dos campos de futebol, mas Andrea explicou que esse, infelizmente, ainda não estava liberado para visitas. Madalena foi inundada por um alívio incontrolável quando ouviu.

Em seguida, iriam à praça de alimentação. Subiram em excursão no carrinho e chegaram a uma esplanada lotada de restaurantes, lanchonetes, bares e botecos. Pararam na frente de um estabelecimento de nome francês, onde a maior parte da comitiva já as esperava com uma taça de espumante nas mãos. Alguém puxou um aplauso para a ministra, que não se espalhou de forma eficiente pelos convidados, resultando em cinco ou seis palmas esparsas.

Rosa reclamava de fome e Madalena ficou feliz ao ver sanduichinhos sendo distribuídos, assim como cumbuquinhas cheias de massa e risoto. Pegou três sanduíches, descartou o recheio de camembert e geleia que a filha jamais comeria, e ainda ficou um tempo limpando o pão de qualquer traço de sabor. Depois levou a filha a um canto para que pudesse comer pão puro em paz.

Rosa ia e voltava do buffet, onde tinha encontrado biscoitos amanteigados, com a mão cada vez mais cheia de quitutes. Pegava muito mais coisas do que seria capaz de ingerir e, à medida que decidia parar de comer uma ou outra, ia deixando os restos mordidos e babados na mão da mãe. Lena não registrava o mundo ao redor. O sol havia saído com força naquele começo de tarde, e ela sentiu o ombro queimando.

Ficou olhando as pessoas confraternizando, o enxame de gente flutuando ao redor de Andrea, que não parava de abraçar e cumprimentar quem chegasse. Viu Lúcia e Irene beijando Dedé e não se animou para levantar. Viu gente pedindo para tirar fotos com ela. Outras conversavam com seus celulares, tiravam fotos, gravavam vídeos apontando para as instalações em coberturas virtuais. Faziam bico para as câmeras, abriam sorrisos debaixo de olhares maníacos. A mente de Madalena foi se afastando para todos os sentidos, as pálpebras pesando sobre os olhos, até ter a impressão de estar se vendo de longe. "Dá vontade de morar aqui, não?", ouviu alguém dizendo. Quando voltou dos devaneios, Rosa tinha desaparecido.

Madalena se ergueu e buscou a filha com os olhos. Nada. Foi até a mesa de comida e perguntou a algumas pessoas se haviam visto uma menininha por aí. Nada também. Buscou-a dentro dos bares e restaurantes, mas não a viu. Estava andando em direção a Dedé para avisá-la, quando percebeu a blusa florida da menina ao longe, afastando-se dos convidados. Viu-a andando por uma rua lateral, caminhando até um conjunto de moradias individuais que ficava no alto de um pequeno morro. As casas eram indiscerníveis, pintadas com o mesmo tom de amarelo queimado e telhados escuros. Rosa subiu as lajotas de concreto, iguais às de onde moravam, para atravessar o gramado e chegar à porta de uma das pequenas moradias. Madalena saiu em disparada atrás.

— Rosa... não! Não entra!

A mãe estava longe demais para ser ouvida. Rosa se enfiou pela porta e desapareceu. Madalena corria e corria. Sentia a grama fofa cedendo debaixo dos saltos, o suor se acumulando nos lábios. Quando alcançou a casa, entrou afoita, antes de perceber o que fizera. Estava dentro de uma das moradas. Teve de esperar os olhos se adaptarem ao ambiente fechado e ficou uns segundos encostada à entrada recuperando o fôlego.

Era uma unidade mobiliada. A sala era retangular e continha um sofá cinza de dois lugares, uma mesa de madeira dobrável com quatro cadeiras e uma tevê na parede. Nenhum sinal que indicasse ocupação humana, nenhum objeto de decoração, um livro, um pacote de comida, nada.

A cozinha era ainda mais asséptica, com um fogão de quatro bocas e um frigobar no lugar da geladeira. Madalena abriu os armários sobre a pia, como se fosse uma compradora interessada. Por um momento, esqueceu-se da filha sumida. Ficou observando quatro pratos brancos empilhados ao lado de quatro copos americanos e duas taças de vinho. A casa cheirava a alvejante, rejunte e pó de cimento. Rosa não estava em lugar nenhum. Cada passo que Lena dava deixava um rastro de terra no piso de cerâmica branca. Então caminhou até o único quarto, separado apenas por uma porta da sala. Já estava pronta para arrastar a filha pelos braços, quando se deparou com mais um ambiente vazio, apenas uma cama de casal tamanho padrão, colchão sem lençóis, encarando-a sem olhos.

Madalena se desesperou. Viu a janela aberta que dava para o jardim. Imaginou a filha pulando para fora, perdendo-se no mar de moradas iguais. Fugira. Jamais a encontraria naquele complexo cenográfico enorme. Foi tomada pelo terror irracional de perder a filha e o medo se espalhou por ombros, nuca, pernas e braços. Sentiu-se lenta, pesada. Os dedos das mãos e dos pés formigavam. Decidiu voltar ao circo montado lá fora para pedir ajuda. Então ouviu um grito.

— Surpresa! Hahaha, te peguei, mamãe!

Rosa emergiu de debaixo do colchão e saltou sobre a mãe. Antes que pudesse sentir alívio pela filha encontrada, Madalena sentiu a torrente de medo chegando à cabeça, dando lugar a uma moleza que lhe turvou os olhos, e então desmaiou.

8

Lena despertou e, de novo, o lustre de treliça balançava imóvel por cima de sua cabeça. Viu-se sozinha na cama e dessa vez não precisou de muito para se recordar de onde estava ou do que havia acontecido no dia anterior. Lembrou-se de como havia sido acordada pelos chacoalhões e gritos da filha ainda dentro da morada vazia, cercada por Andrea, Lúcia e Irene. Viu os oito olhos encarando-a de cima, com preocupação.

— Meu Deus, Lena, o que aconteceu com você?
— Mamãe, mamãe, desculpa! Eu só estava brincando!

Madalena ainda podia sentir a moleza que a dominara, cada extremidade pesando uma tonelada. Mexia os dedos das mãos com dificuldade e a nuca doía. As três adultas e a criança levaram-na para fora da morada, tomando o cuidado de apoiar os braços de Madalena sobre os delas, avisando-a das pedras e dos desníveis para que não tombasse de novo. A visão de Madalena continuava turva, e botaram-na sentada no meio-fio. Logo alguém apareceu com um saquinho de sal e a instrução de que fosse posto debaixo da língua.

— Deve ter sido a pressão. Com esse calor que está fazendo.
— Será que é a virose da Irene?
— Eu falei pra ela comer mais no café da manhã.

Madalena ouviu as especulações sobre seu estado de saúde como um peixe debaixo d'água, as palavras chegando abafadas em uma língua que não era a dela. Obedeceu a todas as instruções. Tomou água, comeu sal, abaixou a cabeça, ergueu os braços, tentou levantar. Era um recém-nascido captando os sinais do mundo, mas sem a capacidade cognitiva para reagir a eles. Alguém apareceu com uma cadeira de plástico e foi nela que Madalena passou o resto do evento. Recebia pena e curiosidade das pessoas, que passavam e a encaravam sem coragem para puxar assunto, tampouco delicadeza de desviar o olhar.

Ainda deitada na cama, Madalena lembrou-se de como haviam voltado para casa logo depois; ela, Andrea e Rosa no carro. Durante o trajeto, tentou aliviar a consciência da filha, que se culpava pelo desmaio da mãe. Pensou no quanto se machucavam sem intenção. Andrea a pusera na cama com gestos gentis, mas olhos duros.

— Tenta comer um pouco.
— Eu já estou bem, Dé. Volta lá pra festa, eu estou ótima.
— Agora é tarde. Já perdi tudo mesmo.

A aspereza do comentário veio desassociada das atitudes gentis da mulher. Mas Lena não sentia nada agora. Nenhum mal-estar, fraqueza, culpa. Aproveitou que a esposa tinha levado Rosa para a escola e ficou olhando o celular. Alguém tinha se casado, um bebê feio nascera, a Torre Eiffel. Foi ficando anestesiada pelo enorme fluxo de informações. Resgatava cada foto do mar de acontecimentos desimportantes como uma concha na praia, intrigante por apenas um minuto.

Foi difícil sair do entorpecimento. Madalena só chegou ao banheiro porque o relógio a apressou e porque botar o pé na rua exigia cinquenta minutos de rituais estéticos determinados por convenções mentecaptas. Tomou um banho com sabonetes e microesfoliantes que removiam a oleosidade da pele para então reaplicá-la com óleos e hidratantes. Aproveitou o vapor do chuveiro para abrir os poros do rosto e depois os fechou com um aparelho pulsante redondo. Enrolou as pontas dos cabelos, mas esticou a franja. Preencheu as falhas das sobrancelhas com um pincel, mas, com uma pinça, tirou os pelos que nasciam entre as duas. Outros pelos, mais desaforados, que brotavam no ângulo superior direito dos lábios, foram queimados com uma máquina a laser portátil. Quando se sentiu pronta, saiu.

    O salão estava às moscas. Madalena atravessou-o e não pôde deixar de acompanhar com o canto dos olhos seu reflexo nos muitos espelhos. Conferiu na agenda atrás do balcão a lista de clientes. Livre até a hora do almoço. Tomé já tinha chegado. Estava sentada lendo uma revista amarelada de décadas atrás, alguma mulher magra e loira na capa, enquanto os pés descalços da mulher gorda de cabelos escuros repousavam em cima de outra cadeira. Estava de vestido estampado verde e roxo, cujas alças caíam nos ombros. Abraçaram-se. Na hora que se separaram, Lena reparou no hematoma perto da linha do cabelo da amiga.

    — O que foi isso?

    — Vixe, eu bati a cabeça saindo do ônibus. Até caí no chão.

    — Você também caiu? Eu desmaiei e só acordei uma hora depois.

    — Jura? Você está bem?

    Madalena começou a descrever a inauguração do alojamento com minúcia descompensada, contou das solenidades intermináveis, do calor, dos campos de futebol, das cerimônias e conversas, do cheiro que tomava as praças, até chegar ao susto que levou por causa da filha. A colega ficou ouvindo com atenção, o rosto ficando cada vez mais sério à medida que absorvia o que Madalena narrava. A pele quase sem vincos foi se dobrando entre as sobrancelhas, depois ao lado dos olhos, por fim até a boca se contorceu. Tomé fazia perguntas bem específicas — qual era o tamanho das casas, como lhe pareceu a comida, se havia opções de lazer —, e Madalena respondia a elas com alguns detalhes inventados, conforme percebia que não se lembrava de tudo.

— Mas quantos vão morar lá dentro?
— Acho que uns mil e quinhentos.
— E você acha isso certo? Deixá-los presos pra sempre?

Madalena ficou surpresa. Nunca tinha ouvido ninguém questionar os alojamentos desse jeito, assim, em voz alta, à luz do dia. Não se faziam essas perguntas, os alojamentos existiam porque mantinham a sociedade em pé, oras. Não sabia o que responder, mas também não precisou fazê-lo, porque a primeira cliente de Tomé entrou pela porta. A feição da amiga se tornou sorridente em uma fração de segundo e Lena se surpreendeu com a habilidade de Tomé em acobertar as emoções. Ficou a observando enquanto ela mostrava os esmaltes novos que haviam chegado, conversava e gargalhava sem parar, apenas para se sentar na cadeirinha de rodas e começar a empurrar cutículas.

Madalena pegou a vassoura e juntou os cabelos debaixo das cadeiras e nos cantos. Depois arrumou o carrinho dos produtos e passou pano em alguns dos espelhos. Era certo prendê-los lá dentro? Havia opção? Quando uma cliente sem hora marcada apareceu para fazer as sobrancelhas, ficou aliviada.

Estava já quase no final do serviço quando o telefone tocou. Era da escola. Rosa tinha se envolvido em uma confusão, explicou a mulher do outro lado da linha, será que Madalena poderia vir para uma conversinha rápida?

— Mas aconteceu alguma coisa?

Não era nada sério, assegurou a coordenadora. Tomé, que já tinha terminado as unhas da cliente, se aproximou e ouviu a conversa. Ficou parada na frente de Lena, a cabeça tombada para a esquerda como uma ave, esperando a amiga terminar. Madalena desligou e viu a compreensão na cara da colega.

— Quem foi a cretininha que bateu na Rosa?
— Parece que ela não apanhou.
— Ela bateu, então? Olha essa Rosa!

— Ela nunca brigou com ninguém. Não estou entendendo. Preciso ir.

Tomé se ofereceu para terminar a sobrancelha largada pela metade e ficou tentando acalmá-la. Madalena dava passinhos inconclusivos de um lado para o outro com a pinça na mão, a confusão mental irrompendo para o lado de fora da cabeça. Decidiu terminar o serviço. Tomé fingia arrumar a bancada ao lado para lhe fazer companhia. Madalena não conseguia parar de falar.

— Eu não sei o que está acontecendo.
— Ela está crescendo, só isso.
— Ela anda meio revoltada.
— Revoltada?
— É, por causa da babá, só pode.
— Ué, mas é a coisa mais normal que existe.
— Sim, mas não é a mesma coisa que uma mãe.
— A minha mãe também não ficou comigo.
— Você tinha uma babá?
— Não, a minha mãe é que era a babá de alguém. Eu ficava sozinha em casa.

Madalena parou o que estava fazendo. Tentou remendar a situação.

— Ai, Lenita, nem esquenta. Está tudo bem. Vai lá resgatar a sua filha antes que ela espanque mais alguém.

9

A coordenadora já a esperava na entrada da escola. Era uma mulher miúda, de olhos amendoados e pouquíssimos fios de cabelo cobrindo a cabeça esférica como um melão. Usava um vestido rosa que poderia ter sido roubado de uma de suas alunas e recebeu Madalena com um sorriso de boca fechada e um aperto de mão. Lena conhecia as instalações, mas foi seguindo os braços esticados da coordenadora para ser levada à sala certa.

As duas foram atravessando os corredores compridos, enfeitados de infância. Guirlandas coloridas e cartolinas cobertas por sementes grudadas com cola cobriam as paredes. Madalena ia atrás da coordenadora que, vista pelas costas, era ainda mais careca. Seria preferível raspar a cabeça e assumir um visual insólito, é o que ela aconselharia à mulher se por acaso algum dia aparecesse no salão.

À medida que as duas passavam pelas salas de aula, Madalena aproveitava para espiar as crianças. Via grupos de cinco ou seis menininhas bem pequenas sentadas em mesas circulares de madeira clara e polida, todas elas tracejando letras e números. As mochilinhas ficavam penduradas em ganchos debaixo das janelas enormes, como uma barra de saia colorida. Junto das mochilas ficavam os coletes amarelo-neon que as crianças usavam para ir e voltar da aula sozinhas, a pé, no bairro seguro.

Lena foi tomada por um inesperado instinto materno. Logo teria mais uma filha. Levaria para casa um pequeno embrulho da maternidade, um corpinho cheio de dobras prontas para serem recheadas com leite e amor. Veria o bebê se transformar em uma criancinha de passos mambembes, cada passo uma tombada para a esquerda, outra para a direita. A criança pronunciaria sempre a mesma palavra da forma errada, pacagaio, gocumelo, galinha gangola, até aquele dia sobrenatural em que acertasse a dicção e, assim, enterrasse de vez mais um resquício do bebê que fora. Pensou na nova criança entrando nessa escola cheia de medo e orgulho, tal qual Rosa no ano anterior. Madalena percebeu que quase não pensava na segunda filha. Não tinha gastado um segundo imaginando como seria a cara dessa pessoa que ela amaria para sempre. Não havia pensado no nome que escolheria para ela carregar até o fim dos dias, não pensara em nada. Quando foi da primeira filha, o nada não era possível, tudo era Rosa.

Chegaram à coordenadoria e Madalena ficou esperando encontrar a filha sentada de castigo em um canto da sala, como nos filmes, mas logo entendeu que a menina ainda estava em aula. Teriam uma conversa a sós, separadas por uma mesa de madeira. A coordenadora ofereceu um chá e então se sentou.

— Madalena, eu achei melhor chamá-la para conversar antes que você visse a Rosa.

Alguma coisa no tom da mulher fez com que ambas trocassem subitamente de papéis. Não era Madalena que deveria se justificar ou pedir desculpas pela filha. Era a coordenadora que estava constrangida.

— Acho, na verdade, que eu já deveria ter te chamado faz um tempo. Não sei se você sabe, mas a Rosa anda tendo uns probleminhas... comportamentais.

Madalena ficou mirando os olhos da coordenadora como os invadidos olharam para os europeus que primeiro tomaram suas terras. Durante sete anos, tudo que fez da vida foi assegurar a sobrevivência da filha: rechear seu estômago, proteger a pele do frio, lavar as partes escondidas do corpo, velar as noites adoecidas. Não havia um único chumaço de pelos na perna de Rosa, uma única pinta, nem um único cílio fora de lugar, que Madalena não conhecesse de cor e, ainda assim, não fazia a menor ideia do que aquela mulher estava dizendo.

— Você sabe, a Rosa é uma menina cheia de energia. Nem sempre ela quer fazer o que as outras gostam.

— Mas isso é normal, não?

— Sim, claro. É que ela caiu numa turma um pouco mais... reativa, digamos. As meninas começaram a fazer uns comentários, umas piadas. Aí a Rosa respondeu.

— Respondeu?

— Olha. A aula já vai acabar. Pedi pra professora trazê-la. Não se preocupe, rapidinho já vai estar tudo como antes.

Madalena detectou o prazer no rosto da coordenadora em contar a história em fragmentos, e começou a imaginar maneiras de infligir sofrimento àquela mulher. Talvez se pisasse nos dois calcanhares dela quando tentasse andar para que os pés saíssem dos sapatos. Talvez se enfiasse uma daquelas canetas que estavam na mesa em seu olho.

Mas, de fato, o sinal tocou. Os corredores foram inundados por corpinhos saltitantes. Madalena ficou tentando encontrar a filha no meio do mar de cabeças infantis de tamanhos sortidos. Nada. De repente, percebeu uma mulher conduzindo pelas mãos uma menina de jaqueta jeans. A criança tinha cabelos apenas por cima da orelha direita. O resto faltava. Só então reconheceu a filha parcialmente careca.

— Filha, o que aconteceu?

— Eu cortei, mamãe.

Rosa não parecia envergonhada nem assustada. Narrava um fato da vida. Ficou olhando para Madalena com os olhos escuros, parecidos com os da outra mãe, sem desviar. Do lado esquerdo, o cabelo estava espetado na horizontal, os poucos centímetros de comprimento sem peso o suficiente para botá-los para baixo. Por cima da orelha direita, os cachos compridos seguiam intactos. Rosa contou que as colegas a provocaram e que ela respondeu com uma bolada no nariz da mais barulhenta. O que se seguiu foi uma confusão geral.

— Elas riram de mim, mamãe. Falaram que eu sou esquisita, que eu não sei ficar quieta, que só como pão puro todo dia.

— Você explicou que não é assim?

— Elas riram mais. Aí eu chutei a bola e elas ficaram muito bravas. Disseram que eu só faço confusão, que eu sou como um menino.

— Um menino?

— É, mas eu falei que eu não ligava, que podia ser um menino. Peguei a tesoura e cortei.

Finalmente Rosa sentiu o que passara. Terminou a história chorando. Afastou-se quando a mãe começou a passar a mão em sua cabeça para avaliar o estrago.

— Rosa, tá muito curto. A gente vai ter que cortar tudo.

— Eu sei, mamãe.

Foi até a porta e ficou esperando a mãe por lá, o rosto escondido pelas mãos. A coordenadora observava a cena com a paciência dos trabalhadores em fim de expediente:

— Cabelo cresce, né? Talvez você possa passar uns exercícios de respiração para ela. Pode ser bom para não cair nas provocações.

A vontade era arremessar a mulherzinha para longe. Madalena pegou a mão da filha e saiu. Atravessou as salas de aula e chegou ao pátio. Passou por cima das amarelinhas pintadas no chão e atropelou canteiros de grama com o andar decidido, na velocidade certa para que a filha tivesse de correr, mas sem que parecesse estar puxando-a. No carro, ficaram ambas olhando caladas pela janela, submersas em suas próprias lamentações.

Madalena ficou esticando e parcelando as horas do dia, tentando criar novos minutos onde não havia, para que não precisasse delegar Rosa tanto a Vânia. Não conseguia abandonar esse pensamento. Só podia explicar o mau comportamento da filha por sua ausência. Ao mesmo tempo que o fazia, era tomada por uma raiva desproporcional. Não era possível que não pudesse manter um emprego sem que a menina partisse para o autoflagelo. O próximo passo ela já conhecia: era o desgosto de sempre. Que sorte poder ser Andrea, ser livre, ter pessoas querendo agradá-la correndo em sua direção, sair pela porta e ter o dia inteiro para si.

Estava tão longe nos pensamentos que não percebeu que haviam chegado ao salão. Estacionou o carro e puxou o freio de mão. Então Rosa falou.

— Elas vão me prender agora, mamãe?
— O quê?
— Eu cortei o cabelo, mas eu não pensei, mamãe. Elas disseram que agora vão me prender porque eu pareço um menino. Mas a polícia não pode ir lá em casa me pegar, né?

10

Tomé não esperava ver Madalena tão cedo.
— Menina, o que você está fazendo aqui? E a sua pequena rebelde, o que ela fez?
Não tinha visto Rosa se escondendo por trás da mãe. Assim que a menina botou a cabeça para o lado para espiar de onde vinha aquela voz, a manicure deu um sobressalto.
— Tomé, preciso de ajuda. Você consegue dar um jeito nisso?
Não havia nada no mundo que Tomé não soubesse. Envolveu a menina nos braços como um pacote precioso e a levou a uma das cadeiras do fundo do salão. Rosa se sentou e mal conseguia se ver no espelho à frente, apenas a testa e o cabelo apareciam por cima do balcão. Então Tomé apertou a alavanca debaixo da cadeira com o pé até que ela ficasse da altura de uma adulta, e a envolveu em um plástico preto. Madalena segurava a mão da filha como se a menina estivesse prestes a ser submetida a uma cirurgia.
— Fica tranquila que vai ficar ótimo.
Tomé começou a cortar e Madalena poderia ter chorado ao ver a outra metade do cabelo de Rosa cair no chão como folhas de um canteiro. Ficou olhando os cachinhos sem vida e imaginou-os indo parar na lata de lixo, os pedaços da filha chegando a um aterro sanitário qualquer. Quando levantou os olhos e viu a menina de cabelo curto, abriu bem as pálpebras para secá-los e não transparecer o desconsolo que sentia. Jamais soubera

que era tão apegada àqueles fios. Nunca havia notado como eram marcantes as sobrancelhas da filha.

Rosa estava irreconhecível. Não é que tivesse envelhecido. O rosto era o mesmo, infantil, ainda um pouco bochechudo, mas agora trazia uma seriedade no olhar. O corte não estava assim tão rente à cabeça, mas o cabelo formava um halo castanho sobre o qual, mais tarde, Lena desenvolveria uma vontade incontrolável de conter os fios no lugar com cuspe nos dedos. A menina estava quieta como um bicho encurralado. Tomé tentou animá-la.

— Viu só, Rosa. Agora você está bonita como eu, de cabelo curto. Se a sua mãe deixar, na próxima vez eu também pinto de colorido.

A menina olhava para o espelho, voltando a cabeça para a esquerda e para a direita, erguendo o queixo. Então desceu da cadeira com um pulo e contornou Tomé. Esticou as mãozinhas para alcançar os fios curtos e a adulta se abaixou como um gato para ser acariciada. Foi o que a menina fez. Depois se distanciou.

— Já foram na sua casa?
— Quem já foi na minha casa?
— A polícia. Já tentaram te prender?
— Mas por que iam me prender?
— Ninguém nunca achou que você é um homem com esse cabelo curto?
— Mas é claro que não! Não é isso que é um homem.
— Então o que é?

Havia, pois, coisas que Tomé não sabia, e responder a Rosa acabou se provando uma delas. Já tinha visto um ou outro homem na vida, mas será que podia mesmo dizer que sabia como eram?

— Homens são muito diferentes de mulheres, Rosa.
— Como?

— Diferentes, ué. São maiores, têm pelos, barba.
— Eles não usam cabelos curtos?
— Alguns, sim.
— As meninas da minha sala viram no celular. Elas falaram que os homens têm cabelos curtos e que eles matam gente e batem nas pessoas.

Tomé ergueu as sobrancelhas. Navegava por território desconhecido agora. Tudo que sabia era baseado em aulas e livros de história, nos vídeos e filmes que haviam sobrevivido dos tempos passados. Sentiu os pensamentos ficando confusos, as coisas à sua frente ganhando tamanhos desproporcionais, a mão da menininha do tamanho de um fogão, a cadeira de cabeleireiro na mesma altura de um gato. Ficou pensando o que responderia a Rosa. Pelos relatos, parecia mesmo que homens matavam e batiam em gente, mas ela não se lembrava dessa época. Nenhuma pessoa viva havia nascido quando eles ainda andavam pelas ruas. Olhou para Madalena implorando socorro.

— Sim, mas isso foi há muito, muito tempo. Não tem mais homem nenhum por aí. — Madalena socorreu a amiga e se agachou para ficar à altura da filha, como mandam os manuais de educação parental.

— Mas não é verdade que eles matam?

Madalena e Tomé se entreolharam.

— É verdade, filhota. Parece que eles matavam, sim.

— Por que eles faziam isso?

Tomé aproveitou para dar uma volta. Madalena ficou quieta por um minuto. Ela não tinha lembranças, mas ouvira as histórias. Registros de pessoas assaltadas à mão armada, indo para o trabalho, com o almoço na mochila. Relatos de famílias vivendo atrás de grades e alarmes, reunidas em frente à televisão, ouvindo histórias de criminosos cruéis. A polícia, que deveria proteger, mas matava. Mulheres espancadas por maridos no domingo à tarde. Estudantes estupradas em festas por rapazes que juravam ser seus amigos. Crianças, dentro de suas casas, abusadas por padrastos, tios, primos. Homens que bebiam e depois se espancavam. Homens que assistiam futebol e em seguida se espancavam. Homens que se olhavam atravessado no trânsito e se espancavam depois. Como explicar isso a uma criança?

— Eles são mais violentos, filha. Por isso, moram nos alojamentos.

Madalena tinha pegado Rosa no colo, como um bebê. Quem sabe a filha não resolvia virar um bebê de novo, existir no tempo pré-verbal, balbuciar uns sons dos quais a mãe não extraísse significado. Levou-a até a recepção do salão, onde a deixou em um sofá; então saiu para preparar uma água com açúcar, na falta de outras curas.

Havia evidências o suficiente, que vinham de todas as sociedades do mundo. Os grandes clássicos da literatura versavam sobre batalhas, os filmes se passavam inteiros em meio a tiroteios e explosões, o noticiário de antigamente mostrava todos os dias os mesmos engravatados tomando decisões para machucar mulheres, crianças, a Terra, eles mesmos.

Não havia como negar a violência. Uma em cada cinco mulheres estupradas ao longo da vida. Cinquenta mil assassinatos ao ano no país. E ainda havia as guerras. Combates travados por anos a fio por soldados uniformizados, pilotos anônimos desmanchando bombas no ar. Líderes autoritários assinando papéis timbrados que ordenavam o extermínio de etnias inteiras. Ditadores que tiravam do povo para dar aos seus. Presidentes que faziam troça de pestes. Generais, autocratas, déspotas, genocidas, terroristas, todos homens. Eles existiram, sim, não havia dúvida, eram exatamente desse jeito que Rosa tinha descrito, e quase levaram a humanidade à ruína.

— A gente foi num alojamento, né?
— Sim, é lá que alguns deles vão morar.

— Mas e se sobrar algum do lado de fora?

— Não sobrou nenhum. Só tem pouquinho homem no mundo, querida.

— Por quê?

Porque a revolução decidiu assim, oras. Decidiram que seria melhor eliminar o cromossomo Y. Agora só nasciam homens em condições controladas, de barrigas de aluguel, em quantidade suficiente apenas para repovoar a nação.

— Porque são as cientistas quem decidem quantos homens vão nascer.

— Como que você sabe dessas coisas, mamãe?

— Eu aprendi na escola, ué. E você também vai aprender na hora certa.

Ela iria aprender que o planeta aqueceu, queimou e derreteu devido às ordens desses homens. Animais que a natureza demorou milhares de anos para moldar, com suas improváveis barbatanas, sua pelagem branca como a neve, sua inteligência quase humana, foram extintos. Florestas exuberantes, que mantinham a Terra três graus mais fria: todas derrubadas a mando de homens ricos.

O problema era estatístico. Nem todos os homens eram monstruosos — mas todos os monstruosos eram homens. A maioria dos assassinos era do sexo masculino. Crime organizado, tráfico de pessoas, sequestros. Havia categorias inteiras de violações que só eram cometidas por homens: pedofilia, tortura, estupro, terrorismo, genocídio. Era justo que a população inteira pagasse pelos crimes cometidos apenas por metade dela?

— Por que você cortou o seu cabelo, filha?

— Ele ficava caindo na cara, mamãe. Eu não gosto dele comprido. Mas eu não queria que ficasse assim.

— Ninguém vai achar que você é um menino. Você ainda é a coisinha mais linda que eu já vi, filhota.

Tomé chegou nessa hora com uma caixa cheia de adereços de cabelo. Laços, fitas, tiaras, faixas repletas de pedrarias de plástico e glitter cintilante apareciam por debaixo da tampa. Falou com a menina em um volume mais alto do que o necessário.

— Olha o que eu achei! Escolhe um pra você!

Madalena e Tomé ficaram olhando para a criança como um cachorro tentando entender um interruptor de luz. O que aconteceria em seguida? Felizmente, a menina era educadinha o suficiente para pegar a caixa na mão e seguir as instruções da adulta. Distraiu-se com aquele brilho todo por um tempo, mas não o suficiente.

— Mas e se eles fugirem?

— Eles não fogem, filha. Eles gostam de morar lá dentro. Lembra tudo que tinha lá no alojamento? Tinha até piscina!

— É. Tinha muitos campos de futebol. E uma fonte de água. E muitos lugares pra comer.

— Sim, eles preferem viver assim, querida. Tem tudo que eles precisam lá dentro.

Tomé se ajeitou na cadeira, desconfortável com o rumo da conversa.

— É, a gente não tem como saber o que eles preferem, né?

Madalena a olhou com um olhar censurador, e depois indicou a filha com o queixo. Me ajuda, ditou com os lábios. Tomé parou de falar, e se desinteressou. Pegou a caixa com os enfeites brilhantes e foi para o outro lado do salão. Ficou vendo de longe mãe e filha se entenderem, até que Madalena pegou a bolsa de cima de um dos balcões e se aproximou para se despedir.

— Eu já vou, Tomé. Preciso levar ela pra casa. Obrigada pela ajuda hoje.

— Imagina. Mas, viu, não acho que você devia falar pra ela que os homens gostam de viver nos alojamentos.

— Por que isso agora, Tomé?

— Não acho que seja verdade. E não ajuda. A gente tem que mudar o discurso.
— Como assim? Que discurso?
— Deixa pra lá. Cuida da sua pequena.

 As duas se deram um abraço esquisito, e Lena saiu pela porta fumê do salão levando a filha pela mão.

II

Antes que terminasse de virar a chave na fechadura, foram recepcionadas pelo cheiro de comida. Madalena e Rosa entraram na casa tomada pela cebola e pelo alho dourando no azeite. Viram Andrea na cozinha aberta para a sala, a barriguinha esquentando no fogão, como se dizia, compenetrada, jogando uma lata de tomates pelados na panela.

Estava usando a panela esmaltada lilás, aquela das ocasiões especiais, que costumava ficar exposta no alto do armário. Tinha posto uma música também, e dançava ao ritmo das voltas da colher. De cenho franzido, como ficava quando falava das coisas do ministério, tentava decifrar o ponto certo para adicionar os próximos ingredientes.

Por causa dos estalos do refogado, não ouviu a família chegando. Em outros tempos, Madalena teria ficado feliz de ver a esposa de volta do trabalho tão cedo, ainda por cima cozinhando, e, de alguma forma mais teórica, mais conceitual, de fato ficou alegre com a presença corpórea de Andrea. Mesmo que a realidade há tempos não entregasse a felicidade esperada pela companhia da esposa, ainda assim a sentia. Dedé era sua pessoa.

Assim que viu a filha, Andrea arregalou os olhos de foca e ergueu tanto as sobrancelhas que elas quase encontraram a linha do cabelo no alto da testa curta, mas logo se recuperou. Um instante depois, passou a demonstrar empolgação exagerada.

— Filha, uau, que linda! O que aconteceu com o seu cabelo?
— Eu cortei de um lado, mami.
— Só de um lado?
— Sim, e depois a amiga da mamãe cortou do outro.

Andrea fez que entendeu tudo para a filha e lançou mil perguntas inaudíveis, ditas apenas pelas sobrancelhas para a esposa. Abraçou a pequena, deu um beijo na grande, e depois mandou a criança para o banheiro; que fosse tomar um banho para o jantar. Quando o casal ficou sozinho na cozinha, voltou-se de imediato às conversas de adulto, muito menos tolerantes. Madalena narrou o encontro com a coordenadora na escola, depois descreveu a chegada da filha, a briga infantil, a passada no salão.

— Ela perguntou se ia ser presa num alojamento, Dé. Porque diz que está parecendo um menino.
— Ué, mas é claro que não.
— Sim, foi o que eu disse. Ela queria saber se os homens matavam.
— E você?
— Eu falei que sim.
— Mas por que você não falou que isso faz muito tempo? Que isso não acontece mais?
— Porque às vezes acontece, né?
— Mas ela não precisa saber disso. Ela não tem idade pra entender tudo. Por que você não explicou pra ela?
— E por que todas as conversas difíceis sempre sobram pra mim? Você que é a especialista em alojamentos.

Lá vinha ele de novo, o ressentimento jorrando de dentro de Madalena, pronto para se derramar por cima do balcão da cozinha, da panela cheia de molho de tomate, do piso branco, das duas. Sempre se impressionava com a rapidez com que as acusações mútuas apareciam, viviam à espreita das duas como um encosto. Em um minuto, estavam fazendo esforços conjuntos. No seguinte, uma única entonação maldosa fazia tudo desandar. Lena sentiu o tecido que as unia, já esgarçado ao longo dos últimos meses, se esticando ainda mais. Era uma trama delicada, cada fio entrelaçado no outro à custa de amor, preocupação, acordos, gentileza. Foram anos engendrando a teia. Não sabia dizer quantos fios ainda as ligavam.

Quando o tecido estava perto de romper, porém, Madalena sempre recuava. Resolveu contar suas teorias de autocomiseração. Tinha certeza de que a culpa era dela. Rosa estava se rebelando para chamar atenção porque sentia saudades da mãe. Era esperado, que tolice a dela achar que poderia arranjar um emprego. Lançou a isca, Dedé que a consolasse.

— Imagina. A culpa não é sua.

— Ela está muito revoltada. Me deu aquele susto ontem no alojamento também. Parece que quer me testar.

— Acho que a gente não precisa se preocupar.

— Não é possível que eu não possa ter um emprego.

— Você pode, eu acho. Mas crianças sentem as mudanças, né?

— Como assim?

— Nada, a culpa não é sua.

As palavras estavam certas, mas o tom era todo errado. Andrea não acreditava no que estava dizendo. Não só isso. Não acreditava, queria que Madalena soubesse que não acreditava, mas não queria dizê-lo. Para Dedé, a culpa era de Lena, sim.

Andrea tinha esse jeito simplista de olhar para a filha. Via-a ainda como a extensão de si, um pedaço de sua carne, um não mistério, porque afinal saíra dela. Usava a si mesma como manual de instruções para lidar com Rosa, como se a genética dividida pudesse prever o destino da criança. Se Andrea não queria que Madalena trabalhasse fora, era o que Rosa também sentia. Já a relação de Madalena com a filha teve de ser conquistada dia após dia, erguida sobre presença, constância, previsibilidade. Rosa não viveu dentro dela. Madalena precisou estudá-la, e fez isso todos os dias pelos últimos sete anos. Andrea nunca percebeu que era por isso, enfim, que jamais poderia compreender a filha.

O molho na panela começou a borbulhar, lançando jatos vermelhos sobre o fogão, e Dedé correu para abaixar o fogo. Raspou o fundo com a colher de pau para soltar os pedaços grudados. Um cheiro de queimado se misturou ao do tomate e Dedé passou a jogar, atabalhoada, temperos de variados recipientes para tentar salvar o jantar. Madalena viu a esposa no fogão e voltou a enxergar nela a razão de todos os seus infortúnios, porque não poderia ser ela mesma o motivo de sua infelicidade. O mal causado pelos outros é quase um bem comparado ao autoinfligido. Abraçada pela certeza da injustiça que sofrera, saiu para conferir a filha.

Estranhou que não se ouvisse barulho algum. Entrou no quarto da criança, um despropósito para uma menina tão pequena. Havia brinquedos por todos os lados. Nas prateleiras, bichinhos de pelúcia olhavam vidrados para o nada. No chão, um dolorido tapete feito de peças de plástico. Havia uma cozinha de madeira completa com cafeteira, micro-ondas e alimentos em miniatura encostada de um lado. No outro, carrinhos e bonecas, jogos educativos e deseducativos, canetas coloridas e papéis rabiscados. No canto do quarto, debruçada por cima de um tabuleiro de ludo, estava Vânia, brincando com Rosa.

— Vânia? Você aqui?
— Oi, dona Madalena.
— Por que você não foi embora, menina?
— Fiquei esperando vocês voltarem, já que a senhora falou que ia demorar um pouco com a Rosa ainda. Achei que a senhora ia precisar de mim depois.
— Mas já são quase sete. A Andrea não te dispensou?
— Ela falou que era melhor eu esperar pela senhora.

Madalena respirou fundo.

— Não, Vânia, imagina. Vai pra sua casa. Fica tranquila que eu vou te pagar essas horas a mais, tá?

A babá se levantou apressada, aliviada, e em dois segundos já tinha saído pela porta com seus passos curtinhos. Voltou em alguns minutos para dizer um tchau protocolar e partiu. Madalena mandou a filha para o banho e voltou para a cozinha.

— Você não dispensou a babá, Andrea?

— Ué, eu não sabia se você ia precisar dela.

— Mas você está aqui. Agora ela vai chegar na casa dela de noite.

— Eu não sei o que você combinou com ela sobre horários. Achei melhor te esperar.

— Você não sabe porque não presta atenção. Eu te expliquei mil vezes. Será que você não consegue resolver nada?

O que se seguiu foi o pior de Madalena e Andrea. Uma ia arremessando na outra as dores de antes e agora. Os anos passados em casa, o puerpério, a decisão unilateral de ter um filho, a condescendência, a dependência financeira, o desmaio no alojamento, o desequilíbrio, sempre o desequilíbrio. As mágoas brotavam como água em uma fonte, por milhares de pequenas fendas, e vinham contínuas, incessantes, irrefreáveis.

As palavras foram ganhando dureza à medida que os minutos passavam. O tecido ia se esticando e esticando, e quando Madalena viu que estava para se romper, preferiu ela mesma romper outra coisa qualquer. Jogou um prato na parede e ficou aliviada de ver os cacos de louça no chão em vez dos de amor. Andrea, porém, não viu alívio nenhum, apenas violência. Foi para o quarto e deixou a esposa sozinha com a montanha de dor. Mas Madalena não iria ficar só com aquela angústia. Foi atrás da esposa e deu com a porta trancada.

— Andrea, abre essa porta.

— Eu não quero te ver.

— Você que não me deixe falando sozinha!
— Vai embora!
— Abre essa porta agora! — Madalena começou a bater na madeira, com chutes e socos. Os gritos eram graves, cavernosos.

Dedé já estava casada tempo o suficiente com Lena para saber que prato nenhum, copo, bibelô ou porta quebrada interromperiam aquela raiva. Ficou ouvindo as batidas e temeu pela filha, pela casa, pela vizinhança curiosa. Então virou a chave. Sabia o que precisava fazer para encerrar o assunto. Quando Lena lhe deu um tapa seguido de um empurrão com toda a força no braço esquerdo e ela caiu no chão, tomando o cuidado apenas de proteger a barriga e despencar sobre o ombro direito, sabia que a briga tinha terminado. Madalena a olhou com o horror de sempre, surpresa, como das outras vezes, com o que era capaz de fazer. Ainda estava com a mão erguida e olhava para Andrea com terror.

— Meu Deus, Dé, me desculpa.
— Vai embora, Madalena.
— Eu não sei o que aconteceu.
— Some daqui. Fecha a porta antes que a Rosa me veja assim.

12

A escada rolante carregava em silêncio os corpos para cima e para baixo. Quem desembarcava dava um passo rápido para a frente de maneira a não estancar o fluxo de pessoas que a escada despejava sem parar. A luz branco-azulada deixava os semblantes todos iguais, embora fossem todos realmente quase iguais, andando no mesmo ritmo, esticando os olhos para corredores assépticos. Uma música imemorável saía pelos alto-falantes do shopping. Era como caminhar em uma maquete.

As vitrines tentavam simular alguma emoção. Os manequins brancos enfileirados em poses inverossímeis carregavam sacolas estampadas em seus braços falsos, a cabeça careca envolta em lenços coloridos. Por trás, cartazes de neon berravam a estação do ano: verão! verão!, como se todos os meses não fossem sempre de calor intenso. Nos vidros ficavam grudados enormes símbolos de porcentagem. Madalena passava ilesa pelas vitrines. Cruzava os andares seguindo as minúsculas placas penduradas no teto indicando o caminho dos restaurantes.

Tomé já estava lá. Havia convidado Lena para almoçar. Madalena a procurou entre as mesas redondas iguais, as mesmas bandejas de cores apagadas espalhadas por cima, o murmúrio constante de muita gente falando ao mesmo tempo. Encontrou-a conversando com uma mulher alta de rosto largo e olhos próximos. Era Rebeca. Tomé já lhe mostrara fotos no seu celular, das duas juntas, colando cartazes no meio da noite enquanto mostravam a língua, carregando placas de papelão com a mão direita em punho erguido sobre a cabeça.

Madalena se irritou na hora, sem entender por quê. Achou que seriam apenas Tomé e ela para o almoço. Decidiu dar privacidade às duas e foi escolher sua comida. Pizza, churrasco, sushi, esfiha. Madalena suspeitava que o sabor seria sempre o mesmo. Optou por uma salada. Carregou a bandeja até a mesa de Tomé e Rebeca, que foram tomadas de surpresa.

— Lenita, você chegou, que bom!

Tomé apresentou a amiga com empolgação e teceu elogios às duas, "uma amiga inspiradora", "minha colega de trabalho mais talentosa", o que influ de leve o ego de ambas. Madalena, que era a mais velha do grupo, perguntou se já tinham comido, recomendou um lugar de pizzas, sugeriu que tomassem um sorvete depois, perfeito para o calor que estava fazendo, ela gostava dos sabores sem leite, mas Tomé cortou o papinho.

— Sabe, Lena, eu estava aqui contando pra Rebeca que você entrou num alojamento em fase de construção, que você viu de perto as coisas lá dentro.

Tinha caído em uma armadilha. Olhou com atenção para o rosto rosado de Rebeca. Tinha os cabelos amarrados em um nó alto, um engrouvinhado de fios castanhos, mastigados pelos dentes de uma presilha. Rebeca era esforçadamente descolada. Vestia uma camiseta larga, de algodão branco, que não era opaca o suficiente para disfarçar o sutiã infantil por baixo. Madalena ficou observando os pequeninos corações cor-de-rosa estampados na roupa íntima cinza e decidiu tratá-la como a criança que era.

— Sim. Mas qualquer uma pode entrar, né?
— Mas não assim. A gente quer saber dos bastidores.
— Bastidores?
— É, do projeto, de como é tudo lá dentro.

— E por que vocês querem saber isso?

Era o que Tomé e Rebeca estavam esperando. Encadearam um jogral ensaiado, um manifesto sobre o movimento em que as duas atuavam, uma militância política que questionava a existência dos alojamentos e iria mudar a forma de ver o mundo. Uma ia interrompendo a outra em fragmentos de frase coordenados.

— A gente é a favor da ressocialização dos homens na sociedade.

— Sim, é imoral existirem esses alojamentos, todo mundo sabe que são cadeias.

— A nossa causa é a do abolicionismo penal.

— Porque a gente acredita que há outras formas de controlar a violência na sociedade.

Tomé e Rebeca falavam com paixão. Iam dando exemplos vívidos, gesticulavam muito, batiam com a ponta dos indicadores na mesa quando queriam ressaltar um ponto, erguiam a voz em um minuto e no seguinte já voltavam com brandura. Madalena ficou mais hipnotizada pelo espetáculo retórico do que pelo conteúdo de fato dito.

— Você acha certo botar seres humanos no mundo sabendo que eles passarão todos os dias da vida enclausurados? — Tomé tocava de vez em quando com gentileza o braço de Lena, em um afago de persuasão.

— Mas do jeito que vocês estão falando parece que é o fim do mundo mesmo.

— Mas é. É uma questão de direitos humanos.

— Mas eles gostam de morar lá dentro, Tomé. Eles mesmos dizem que a vida é muito boa, confortável, que podem fazer o que quiserem. Eu vi como é lá dentro. Até eu ia gostar dessa vida, haha.

Madalena ousou a piada, mas achou graça sozinha. As interlocutoras continuavam mais sérias do que nunca.

— Então, mas isso não é verdade. O meu mestrado foi sobre o alojamento da Bela Vista, na zona leste. Você sabia que vinte e sete por cento dos homens acreditam que deve haver alguma forma melhor de conter a violência na sociedade? E que trinta e cinco por cento gostariam de ser inseridos na comunidade?

Rebeca sorria com as pontas da boca viradas para baixo, condescendente, o que formava linhas verticais no meio das volumosas bochechas.

— Mas elas não querem divulgar esses números.
— Elas?
— As governantes, Lena. A mídia, as universidades, os ministérios.

Madalena encarou os olhos aproximados de Rebeca e ficou genuinamente surpresa ao perceber que ela acreditava que aquelas porcentagens serviriam para convencê-la. Ao som de "ministérios", porém, estremeceu. Tomé estava entrando em terreno perigoso.

— Mas vocês querem soltar os homens? Vocês não sabem o que eles faziam?
— Sim, sim. A gente conhece os riscos. Mas os tempos são outros. São só quinze por cento de homens na população agora. Seria muito mais fácil reeducá-los.

De novo aqueles números. Madalena se voltou para o seu almoço e bagunçou a salada com o garfo. Para evitar o debate, botava enormes porções na boca e fingia estar mastigando. Conseguiu afastar o assunto por alguns minutos, quando sugeriu que tomassem um café e o tal sorvete sem leite, que Tomé e Rebeca aceitaram, pelo bem da negociação.

Ficaram as três um tempão olhando para as diferentes cores e texturas no estande de sorbets. Framboesa com manjericão, pera com Riesling, lima-da-pérsia, cajá com hortelã. A vendedora equilibrou os sabores em uma casquinha delicada. Madalena pagou para o grupo e as três saíram caminhando pelos corredores do shopping. Lena andava na frente, evitando a conversa, estava toda arrepiada com o ar condicionado forte na pele e o sorvete ácido na boca. Por fim, sentaram-se nuns bancos de couro no meio do corredor.

— Não sei, eu achei que você poderia se interessar pela causa — Tomé, de novo.

— Pois eu acho que vocês só estão falando comigo porque a minha mulher trabalha no ministério.

Tomé e Rebeca se entreolharam.

— Sim, tem isso. Você tem acesso. Você poderia se informar das decisões. — Não havia mais condescendência em Rebeca, apenas súplica.

— Olha, escuta, não precisa fazer nada agora. Mas pensa com carinho no que a gente disse.

— Tomé, não é assim.

— Lenita, você esteve lá dentro, entrou numa das moradas e passou mal. Você acha mesmo que desmaiou por causa da Rosa? No fundo, você sabe que aquilo lá é errado.

Tomé tocou de novo o braço de Madalena. O sorvete começou a derreter, vazou pelas beiradas e se espalhou pelas mãos.

13

Caminharam até o salão em silêncio. Não tinham o que dizer. O choque entre o ar gelado do shopping e o sol do meio-dia fez com que ainda estivessem com as pontas dos dedos frias quando começaram a suar. Chegaram ao trabalho e foram cada uma para o seu lado, atender as agendas lotadas.

Madalena ficou pensando no que Tomé dissera. Havia sentido, sim, um mal-estar inominado dentro do alojamento. Um sopro que passou a persegui-la desde o desmaio. Sentia-o assistindo à tevê, recolhendo os brinquedos da filha, no chuveiro. Estava lá quando passava um pano na pia da cozinha. Uma sensação que entrava pelas frestas das janelas fechadas, pela fração de centímetro suspensa entre o chão e a porta da frente. De dentro de casa, via o alojamento ficando pronto, viga por viga, tijolo por tijolo, a cada caminhão que passava na rua.

Dois dedinhos compridos tocaram o ombro de Madalena. Ela deu um salto. Lúcia ficou rindo.

— Mas você se assusta fácil, hein? Não vai desmaiar de novo.

Deram um abraço. Lúcia cheirava a lavanda e limão-siciliano, embora esse fosse o tipo de coisa que a imaginação de Lena costumava inventar. Estava de chinelos, cabelo em um rabo oleoso e cara lavada. Tinha um casamento para ir e havia marcado um horário com o salão inteiro. Vinha esticar os cachos que se atreviam em seus cabelos platinados, fazer sobrancelha, pé, mão, penteado, massagem. Era uma mulher de manutenção custosa, assim como Madalena. Usava um vestido de alcinha bege sobre a pele dourada mantida por raios lançados do interior de uma cápsula artificial, embora negasse. Alguma coisa na intimidade do desleixo, porém, tornava Lúcia ainda mais atraente naquela tarde.

    Madalena pediu que se sentasse na cadeira e ofereceu um café. Tinha feito aquele gesto dezenas de vezes antes, mas sempre na sua casa, na frente da imensa mesa de jantar de mármore, apontando para a cafeteira caríssima na cozinha, quando Lúcia e Irene vinham visitá-las nos fins de semana. Parecia um hábito apenas natural, mas ali, no salão, vinha carregado de outros significados.

    — Eu aceito um cafezinho. Mas pode deixar que eu peço pra outra pessoa. — Lúcia ficou olhando ao redor, erguendo a mão para chamar a atenção de outra funcionária do salão, sem sucesso. No fim, foi Madalena mesmo quem trouxe a xícara com o café morno.

    — Lena, vem cá. Preciso te contar uma coisa. A Irene e eu decidimos ter uma filha.

    Madalena estava escolhendo os produtos que se aproximariam melhor do tom da pele alaranjada da amiga, mas parou o que estava fazendo.

    — O quê?

    — Sim, vamos ter um bebê.

    — É sério isso?

    — Sim, ué!

    — Não acredito! Parabéns!

    As duas se abraçaram de novo, ambas contentes. Madalena sempre ficava feliz quando alguém sem filhos dizia que iria adentrar o mundo da maternidade. Gostava de vê-las despedindo-se da vida despreocupada que levavam para se embrenhar na desordem que era um bebê. Sentia um maldoso prazer em ver a pessoa atravessando as noites insones, as manhãs iniciadas antes do nascer do sol, todas as certezas abaladas quando a realidade se impunha às expectativas. Notava os quilos a mais, a rigidez perdida da pele, as possibilidades reduzidas para sempre, o amor avassalador.

— Vocês já decidiram quem vai engravidar? Já estão procurando clínica, tudo?

— Eu que vou carregar. E a gente não vai em clínica, não.

— O quê? Vai ser no método natural?

— Aham.

— Jura? E você tem coragem?

— Opa, mais do que coragem, eu morro de curiosidade!

— Estou chocada.

— Eu fico vendo os alojamentos o dia todo, né, olhando pra cara dos doadores. Acho que vou gostar.

Madalena não disfarçou o deleite que sentiu. Até parou de passar o pincel com a base por uns instantes. Ficou pensando naquela mulherzinha agitada, embonecada, hidratada, entrando em um mundo cheio de homens, escolhendo um para ser o pai de sua filha. Percebeu que estava corada.

— Achei que você ia achar normal. A Andrea fez a mesma coisa, não foi?

— Sim, quando foi da Rosa.

Havia duas maneiras de engravidar depois da revolução. A mais comum e segura era via clínicas. Os casais escolhiam os doadores à distância, entre milhares de perfis possíveis. O material era duplamente selecionado para que viesse sem o cromossomo Y, a fertilização era feita no período certo do ciclo, acompanhada por médicas, sem riscos. Quem podia, engravidava assim.

Mas também havia os alojamentos, é claro. O direito de ir e vir era amplo e irrestrito para as cidadãs, inclusive o de entrar nas moradas e se relacionar com homens, se assim quisessem. Nos primeiros anos, a maior parte das habitantes ainda usava esse método. Simulavam o mundo que havia antes. Passavam muitos dias lá dentro, vivendo em relacionamentos heterossexuais como antes, estabelecendo famílias nas pequenas moradas, engravidando à moda antiga.

Junto com todas as necessidades básicas de comida, habitação, saúde e lazer, os homens recebiam o comprimido seletor, a pílula ou injeção que eliminava os espermatozoides Y. Os efeitos colaterais eram mínimos, riscos quase descartáveis de infarto, um agravamento da calvície. E as mulheres podiam escolher se queriam criar suas filhas dentro ou fora dos alojamentos. Várias ficavam por lá mesmo. Como havia muito mais mulheres do que homens, muitos deles mantinham dois, três relacionamentos.

Aos poucos, no entanto, a procura por uma vida como antes diminuiu. Os relacionamentos entre mulheres se popularizaram. As pessoas começaram a buscar amores inteiros, irrestritos. Percebiam que as relações entre iguais eram mais livres. Sem as diferenças estruturais de gênero, tudo mudou. O romance se tornou lésbico. Ainda havia as heterossexuais incorrigíveis, mas formavam uma parcela pequena da população. A maior parte das cidadãs que frequentava os alojamentos o fazia porque não podia pagar as clínicas. Ou então para se divertir, pela experimentação, um pequeno rito de passagem antes das experiências maduras com mulheres. A opção de conceber naturalmente seguira aberta, além de gratuita.

Quando Lena conheceu Dedé, ela já estava frequentando um alojamento fazia alguns meses. Estava solteira havia anos, no limiar da vida fértil, e tinha decidido ser mãe. Mas aí Madalena apareceu, atrapalhando as certezas. Lena não tinha o sonho de ter uma filha, mas o amor embala, precipita, soterra convicções. Participou da criação do bebê que Andrea carregava, topou misturar suas vidas.

— Mas vocês já escolheram o doador?

— Eu tenho algumas opções. Mas acho que vou deixar pra escolher depois de conhecê-los. Ou então deixar pro acaso decidir.

— Hm, danadinha.

As duas riram. Madalena ficou se perguntando o que mais não sabia sobre Lúcia. Pensou também nos possíveis escolhidos. Lúcia aparecendo na soleira de suas casas minúsculas, o corpo bronzeado enfiado em uma calça justa, o cabelo pintado deixado solto de propósito, as mãozinhas se mexendo sem parar enquanto se apresentava. O que eles achavam da ideia de engravidá-la? Quando se afastou para trazer o segundo café para Lúcia, viu que Tomé estava por perto e não tirava os olhos dela.

14

Lena estava sentada na ponta da mesa comprida tentando evitar a presença opressora das cadeiras vazias ao redor. O volume dentro do bar era mais alto do que o da rua movimentada lá fora, e Madalena demorou um pouco para perceber que fora a primeira a chegar. Tal como uma aniversariante sem amigas, recebia os olhares compadecidos das outras, que a viam sem companhia na mesa enorme, apoiando o queixo nas mãos. O bar era todo iluminado com lustres pendentes dourados e, no teto, de treliça de madeira, ficavam entrelaçadas trepadeiras cujos ramos iam dando nós uns nos outros. Madalena ficou vinte, trinta minutos estudando o cardápio, dedicado a frituras de todo mundo, sem pedir nada, até que Ana finalmente passou pela porta do bar.

— Ué, só tem você? Cadê as outras?

Ana pendurou a bolsa na cadeira de couro sintético sem cumprimentos ou cortesia e começou a detalhar por que tinha escolhido aquele lugar: porções fartas, cerveja na promoção, essas coisas. Estava com a cara mais felina do que nunca, com o delineado dos olhos chegando quase à sobrancelha, uma imagem não necessariamente propícia para valorizar o salão que gerenciava. Cumprimentou as garçonetes e começou a falar sem parar. Disse que estava feliz pela ocasião, que jamais sonhara em chegar tão longe e descreveu os projetos para os próximos anos. Assim que o assunto profissional se encerrou, desviou sem cerimônia para o seu favorito: a vida de Madalena.

— E aí? Muito ansiosa pra ser mamãe de novo?
A relação entre Madalena e a chefe era cordial, embora um pouco distante. Apesar de ser a dona do salão, Ana se portava com deferência diante da maquiadora. Jamais palpitava em seu trabalho e tinha dificuldade até em pedir tarefas. Tentava absorver os gostos e hábitos sofisticados da funcionária e não foram poucas as vezes que Lena reconheceu nela peças de roupa idênticas às que tinha. Ao mesmo tempo, e por causa disso, era uma figura absolutamente desagradável.
— A segunda filha é sempre diferente, né? Daqui a pouco a bebê nasce e eu nem percebi.
— Verdade, nossa. Mas por que não foi você que engravidou dessa vez?
— Como?
— É, por que foi a sua mulher que engravidou de novo?
— Não sei, da outra vez já foi a Andrea e deu tudo certo. Pra que mexer nisso, né?
— Olha, os casais que eu conheço costumam revezar.
Madalena franziu as sobrancelhas para não deixar passar batida a intromissão. Por sorte, as duas cabeleireiras, Tatiana e Solange, chegaram nessa hora, soltando gritinhos de empolgação. Atrás delas, as duas assistentes acenavam com as mãos.
— E aí, quem são as mais gatas desse bar?
— Meninas, que bom que vieram! — Ana abraçou cada uma com o afeto não expendido em Madalena.
— Mas é claro que a gente vinha. Não é todo dia que o salão faz dez anos.
— Temos muito que comemorar!
Tatiana disse a frase sacudindo o punho fechado com o dedão apontado para a boca. Tinha sede, o que fez com que todas a imitassem. Solange se sentou ao lado de Lena, enquanto Tatiana sondava com Ana a possibilidade de pedirem uma rodada de chope na conta da chefe.

— Então, gente, a Leninha aqui estava me contando da bebê. Vocês também não acham que ela teria dado uma grávida linda? — Ana fez uma pausa para se corrigir. — Mas não é que eu esteja reclamando, tá? Pra gente, é ótimo que não foi você que engravidou. Imagina ficar sem você no salão?

A chefe puxou a risada e todas seguiram, como tinha de ser. Madalena esticou um sorriso discreto para absorver o "Leninha". Depois virou a cabeça para todos os lados, passando os olhos pelo bar.

— Cadê a Tomé, hein? Ela disse que ia chegar bem cedo, pra ainda pegar o metrô aberto na volta.

— Verdade. Ela folgou no feriado, né, não sei por onde anda.

A garçonete chegou com os seis chopes em uma bandeja, que foram recebidos com animação. O brinde foi sob batidas na mesa e apelos sinceros de vida longa e prosperidade para o ganha-pão de todas. As seis colegas de trabalho deram o primeiro gole sincronizado, e sincronizadas também lamberam os beiços a fim de apagar o bigode de espuma.

— Sabe, pra mim, não tem nada que seja comparável a estar grávida. É uma coisa muito forte.

As boas maneiras fizeram com que ninguém interrompesse Ana no solilóquio que se seguiu. A chefe relembrou a gestação da primeira filha e a sensação de potência que a invadiu. Sentiu-se cheia de energia, capaz de dominar o mundo, vejam só. "Não tem nada mais poderoso do que fabricar uma outra pessoa, sabe." Depois contou da gravidez da esposa, outro portento em si, quase mais maravilhoso do que o seu próprio. Tinha sido espantoso ver a companheira passando pela mesma metamorfose materna, e se sentiu aliviada por poder dividir mais essa experiência com a mulher amada. Era todo um outro nível de intimidade, de vida compartilhada, dizia.

Os copos foram se esvaziando em um ritmo apressado — menos o de Ana, que não pausava para beber. Madalena se lembrou de todas as vezes que ficou em casa esperando Andrea voltar de alguma confraternização do ministério. Podia ver a esposa entrando em casa um pouco trôpega, contando os detalhes da noite, notáveis apenas para quem estivesse presente. Eram essenciais aqueles momentos, dizia Dedé, onde eu consegui todas as minhas promoções. Madalena ficou se perguntando se Andrea também era interrogada sobre sua vida pessoal, e se alguma colega dedicava tanto interesse a ela, a esposa dona de casa da funcionária de destaque.

A porção de mandioca frita se seguiu à de arancini que se seguiu à de tempurá. A garçonete corria para não deixar a cerveja faltar e era recebida com entusiasmo a cada nova rodada. Os dedos e lábios foram ficando brilhantes, enquanto o freio social se afrouxava. Depois de mais um ou dois comentários da chefe, Lena não se segurou.

— Nossa, Ana, mas por que tanto interesse na minha vida? Vou te botar no viva-voz da próxima vez que a gente decidir ter uma filha pra você palpitar.

Madalena falou as palavras no meio do sorriso mais simpático que sabia produzir, o que confundiu a chefe. Então soltou uma gargalhada. Ana a seguiu.

— Imagina isso? A dra. Andrea me dar satisfação? Toda poderosa e ocupada ela. Você deve morrer de orgulho de ter uma mulher como ela em casa, né, Leninha?

— Bem, ela nunca está em casa, né? — Madalena soou mais amargurada do que gostaria.

— Eu, no seu lugar, ficaria até intimidada. Ela saindo todo dia pra decidir o rumo da nação e a gente passando corretivo na cara das fulaninhas. E no meio de tudo, ela ainda arranja tempo pra carregar as filhas! — Foi a vez de Ana sorrir excessivamente simpática.

Dessa vez ninguém se manifestou. Em vez disso, mais um gole de chope sincronizado, que deu abertura para uma conversa paralela do outro lado da mesa. Madalena resolveu dar atenção ao celular. Assim que o pegou, porém, o aparelho começou a tremer. Levantou-se para atender e já estava longe quando ouviu a voz de Tomé do outro lado da linha.

— Lena, tudo bem? Desculpa te atrapalhar, mas eu não tenho pra quem ligar. Preciso de ajuda.

— Tomé? O que aconteceu?

— Tem como você vir me buscar?

— Onde você está? Está todo mundo aqui te esperando.

— Eu estou no fórum criminal do centro, Lena. Me passaram agora a minha fiança.

— Fiança?

— É, eu tô detida. Me desculpa, Lena.

— Como assim? O que aconteceu?

— Eu preciso de cinco salários mínimos pra me soltarem.

— Salários mínimos? Meu Deus, Tomé, você está bem? Eu vou te buscar.

— Me desculpa, Lena.

— Para com isso. Aguenta aí. Já estou indo.

Madalena voltou para o bar olhando o número do processo de Tomé que lhe foi enviado pelo celular. Antes de se despedir das outras, passou no caixa e pagou sua parte do consumo. Foi recebida pelas colegas com olhares curiosos.

— Rolou uma emergência lá em casa, vou ter que ir.

— Sério? Mas o que houve? É a Rosa?

— Não, nada de mais.

As meninas fizeram caras exageradas de preocupação, levando as mãos às bochechas, mas Lena seguiu calada. Deu uns beijos no ar em direção às colegas, e simulou um abraço também. Pegou a bolsa e já tinha atravessado metade do salão quando voltou. Parou na ponta da mesa e disse:

— Sabe, Ana. Lá em casa é a Andrea que tem filhas porque eu não posso engravidar. Sou oca por dentro.

15

A porta automática abriu muitos passos antes de ela chegar ao prédio, revelando um saguão espaçoso. Foi recebida por um ar fresco e perfumado assim que entrou. Sofás, poltronas de veludo, esculturas. Nas paredes da sala de espera do fórum criminal do centro da cidade, arte abstrata. No teto, luminárias de cristal. O lugar não era nada do que Lena imaginara. Depois de se informar com a recepcionista, Madalena foi orientada a pagar a guia com a fiança e esperar. Escolheu a poltrona mais à vista das escreventes, a fim de ser notada.

Desacato à autoridade e perturbação da ordem pública. Madalena tomou um susto quando soube o motivo da detenção de Tomé. Entrou no sistema do fórum e baixou não só a guia, mas o processo inteiro. Viu que estava assinado por uma juíza que era esposa de uma colega de trabalho de Dedé, uma mulher que já havia até estado em sua casa para um jantar. Madalena lembrava-se bem dela pelo fato de ter elogiado sem parar um castiçal de estanho que ficava exposto na estante da sala e que desapareceu ao final da festa. Quando indagadas se alguém sabia do paradeiro do objeto, as duas — a juíza e a colega de Dedé — ficaram profundamente ofendidas e se recusaram a responder.

Cinco salários mínimos e a obrigação de colaborar com as investigações, essa era a fiança determinada pela juíza cleptomaníaca. De acordo com os autos, Tomé havia causado um confronto com policiais durante um protesto inicialmente pacífico. Depois das provocações de Maria Rita Tomé de Amaro, solteira, moradora do bairro da Ascensão, portadora do documento de número 28.338.947.118-3, a manifestação ganhou contornos violentos e baderneiros, o que levou à detenção de seis dissidentes políticas.

    Dissidente política? Madalena pensou na amiga sentada no meio-fio em frente ao salão, cutucando com um galho um chiclete ainda meio macio no chão. Pôde ver as mãos pintadas de esmalte desembalando uma cocada e oferecendo-a para Lena. Como a manicure não tinha trabalhado no feriado, poderia estar presa havia dias sem que ninguém tivesse tomado conhecimento. Dissidente política? A urgência cresceu dentro de Madalena, que precisou se levantar e começou a rondar a sala de espera para se acalmar. Uma das agentes se aproximou.

    — Aceita uma água, minha senhora?

    — Não, obrigada, estou bem.

    — Temos também café, cappuccino e devo ter ainda um chá de camomila, se a senhora preferir.

    — Obrigada, não quero. Quero ver a minha amiga.

    — Claro. Já estamos dando baixa no sistema. Deve demorar só mais um pouco.

    A prioridade do governo pós-revolução, afoito em se firmar legítimo e soberano, havia sido uma ampla reforma judicial. Delegacias e prisões do mundo prévio foram demolidas e as substitutas surgiram como símbolos de uma nova e civilizada república. Com os números cada vez menores de violência, boa parte das instalações antigas se tornou obsoleta. Prisões viraram centros culturais. As delegacias se tornaram escolas, ainda que a maior parte da população desaprovasse a iniciativa. O que restou do aparato policial se tornou eficiente e inteligente, focado em desmantelar o crime organizado, casos grandes e pequenos de corrupção, fraudes, estelionatos, agressões de baixa periculosidade, roubos.

Só então Madalena se deu conta de que estava no centro do sistema de repressão do Estado. Sentiu um aperto no peito e rastreou a memória, tentando se lembrar de alguma pendência, uma multa, uma dívida fiscal que fosse, que pudesse incriminá-la. Sempre dava um solavanco quando se via perto de uma pessoa de uniforme, seja uma policial ou uma guarda de trânsito, como uma criança flagrada no meio da travessura. Não nascera no tempo em que se precisava temer a polícia, mas ainda assim sentia medo.

As agentes do fórum tratavam-na com simpatia e atenção. As horas na sala foram se esticando até tarde da noite, e Madalena decidiu avisar em casa que demoraria para chegar.

— Mas onde você está? — Andrea perguntou.
— Estou ajudando a Tomé. Acho que ela foi detida por engano.
— Detida? Lena, o que está acontecendo? Pela polícia?
— Não, está tudo certo. Já consegui dar um jeito.
— Dar um jeito? Como assim? Você quer que eu ligue pra alguém?
— Imagina. Para. Eu sei me virar.

Madalena ainda ouviu a bufada do outro lado da linha e pensou ter sido capaz de detectar a mudança de ideia dentro da cabeça da esposa, ao desistir de interferir.

— Tá bom. Cuidado, você não faz a menor ideia de como essas coisas funcionam.
— Não precisa me esperar.

Desligaram sem se despedir, a mágoa do tapa ainda ecoando entre as duas. Lena precisava encontrar uma forma de se redimir, mas se irritou de novo com a condescendência da esposa. Da outra vez em que a empurrara, a briga havia começado quando Andrea deu a entender que Madalena não seria capaz de matricular a filha na escola do Bairro Novo. A lista de espera era enorme e só um milagre botaria Rosa lá dentro, dissera. Logo, confeccionar um milagre foi o que Dedé decidiu fazer: saiu pedindo favores e trocando proveitos por dentro dos órgãos do governo para ver se a autoridade encarregada reconheceria a significância de ter a filha da ilustre dra. Andrea circulando pelas salas de aula. Lena, por sua vez, tinha um milagre mais, digamos, terreno à mão.

Por acaso, fazia ioga nas mesmas tardes que a gerente financeira da escola. Uma conversa inicial em posição de lótus levou a outra, que levou a um chá aiurvédico depois da aula, que levou a um passeio de bicicleta com as crianças, que levou a uma amizade genuína entre mães e filhas. Quando Madalena e Andrea decidiram se mudar para o Bairro Novo, a relação de Lena com a mulher já era firme o suficiente, e bastou que a primeira avisasse à segunda da mudança para que esta aparecesse com a vaga. Dedé ainda estava mexendo os pauzinhos entre um ministério e outro, quando a esposa chegou com a boa notícia. Andrea ficou enfurecida por ter trocado favores e feito tantas promessas à toa e as duas começaram a brigar. A briga só terminou com Dedé no chão, depois de um soco hediondo de Madalena.

Ninguém diria que Lena fosse afeita a essas violências, com sua voz sussurrada e gestos delicados, como os de uma bailarina, mas, sim, os tapas e chacoalhões e pratos arremessados em casa também eram ela. O quanto, afinal, podemos conhecer alguém? Madalena se lembrou de Tomé, como ela mudava de semblante de um segundo para o outro no trabalho, e se perguntou se realmente a conhecia. Jamais diria que a amiga acabaria presa. Passou as horas seguintes enlouquecendo aos poucos à espera dela no fórum.

A noite já estava avançada quando percebeu uma movimentação estranha, um vaivém entre as salas de acesso restrito do fórum. Uns minutos depois, Tomé apareceu e ergueu os olhos em sua direção, sem sinal de reconhecê-la. Ficou ao lado da defensora pública, que lhe explicava algo e entregava papéis a serem assinados.

A manicure estava cabisbaixa e observava sua interlocutora com os olhos voltados para cima. Quase não falava, apenas acenava com a cabeça, indicando compreensão. Deu um sobressalto quando outra oficial se aproximou para falar com ela. De resto, agarrava com força sua bolsa, que acabara de ser devolvida.

Quando finalmente foi liberada, caminhou em direção a Lena, que saiu correndo para encontrá-la. Madalena recebeu a amiga com um abraço apertado.

— Tomé do céu, eu quase morri de preocupação.

Antes que terminasse a frase, porém, Tomé se contorceu de dor. Lena se afastou e só então viu as feridas. A lateral do braço esquerdo estava inteira arranhada, em parte ainda gotejava um líquido transparente, como se tivesse sido arrastada por uma superfície áspera. O cotovelo estava inchado, sustentando o braço em um ângulo imóvel. A face esquerda também estava cheia de arranhões, e havia um corte profundo perto da boca, que Tomé ficava molhando com a ponta da língua.

— Meu Deus, Tomé.

— Me tira daqui, por favor.

Caiu no choro mais doído que Lena já ouvira.

16

Começara pacífico. Algumas dezenas de meninas haviam decidido se encontrar em frente à catedral para marchar até o Ministério da Justiça entoando gritos de protesto pela ocasião do centenário da revolução, nada de mais. Caminhavam dispersas e, não fosse o fato de que paravam juntas nos semáforos aguardando as luzes verdes, seria difícil até de reconhecer que formavam um grupo. Os cartazes eram minguados também. Uma ou outra cartolina caseira trazia uma frase de efeito contra o alojamento novo ou a favor da liberdade incondicional de todos os cidadãos, lemas desse tipo, mas a maior parte das manifestantes não carregava nada, então aproveitava as mãos livres para bater palma e assobiar. Não foram poucas as transeuntes que as paravam perguntando o que comemoravam.

Tomé se juntou a elas no horário e local marcados, sem levar apetrechos. Gritou um pouco, ergueu as mãos em punho. Quando o grupo chegou ao ministério, porém, as manifestantes se entreolharam e constataram que eram poucas para passar a mensagem contundente que tinham em mente. Sem saber o que fazer, Tomé assumiu a liderança e mandou o grupo deitar no chão para fazer volume, na esperança de criar pelo menos uma foto impactante a ser compartilhada. Estava gritando para as outras se abaixarem quando as viaturas chegaram.

Duas vans com as sirenes ligadas pararam a alguns metros das mulheres. As agentes saíram dos veículos montadas:

coletes à prova de bala, escudos escuros com visores transparentes e capacetes que cobriam o rosto. Movimentavam-se roboticamente, marchando com pisadas fortes até a frente do grupo, onde uma delas ergueu um alto-falante.

— Acabou o showzinho. Todas de pé!

As quarenta e poucas meninas ainda hesitaram por uns segundos, mas logo começaram a se erguer. Com exceção de seis: Tomé, é claro, e cinco desconhecidas.

— Eu juro que foi só isso! Eu não falei nada, não me mexi.

Enquanto Tomé contava, Madalena a levou até o carro como a uma criança. Ajudou-a a afivelar o cinto com o cuidado de uma mãe de bebê recém-nascido. Então deu a partida. Ao seu lado, a amiga chorava em soluços molhados, puxando o ar entre gemidos e trancos que lhe contorciam o corpo todo. Sem lenços de papel à mão, Lena ofereceu um casaco da filha esquecido no banco de trás, que Tomé aceitou e usou para se secar e esconder o rosto. A ferida no braço esquerdo continuava secretando líquido.

Bateram com os cassetetes. A primeira paulada que Tomé tomou foi no cotovelo esquerdo, deitada sobre o asfalto. Deu um grito de dor e se encolheu a tempo da segunda paulada, na altura dos rins. As que se seguiram vinham de todos os lados, de muitas policiais ao mesmo tempo, intercaladas. Enquanto tentava se desviar, viu a maior parte das protestantes fugindo, e viu também que as poucas que sobraram não estavam melhores do que ela. As agentes se agrupavam sobre as caídas. Cassetadas, socos e chutes no meio da rua, pessoas olhando de longe, carros diminuindo a velocidade ao passar. Ninguém interferiu, porque ninguém era louca. A certa altura, resolveram arrastá-la para dentro do camburão. Tomé até conseguiu se erguer, mas as policiais prevaleceram: puxaram-na pelas mãos, raspando o lado esquerdo da manicure pela calçada. Sangrava muito quando foi jogada dentro do veículo, onde os golpes continuaram.

— Cadê a sua coragem agora, hein? — riam, anônimas, por trás dos capacetes.

O escárnio furava forte a carne de Tomé. Tinha apanhado dentro da van, na delegacia, na cela, pouco antes de conversar com a delegada. De noite, ligavam as luzes para contar as seis manifestantes só por diversão. De dia, negavam acesso ao banheiro, alimentavam-na apenas com restos de comida frios. Madalena foi se sentindo tonta e temeu botar os faláfeis do bar para fora. Tomé tentou entrar em mais detalhes, mas Lena não deixou:

— Shhh, shhh, pronto, pronto. Já passou, já passou.

Estavam circulando a cidade sem rumo. Madalena lembrava que a amiga morava longe, mas não onde, então se botou a dirigir pelos poucos bairros que conhecia bem. A certa altura, parou em um mercadinho que ficava aberto a noite inteira e comprou garrafas de água, chocolates e salgadinhos. Tomé, que não comia quase nada havia dias, parou um pouco de chorar para se hidratar e se alimentar.

— Me desculpa, Lena. Eu vou te pagar de volta.

— Para com isso.

Tomé abaixou a cabeça, derrotada.

— Tomezinha, me fala, aonde você quer ir?

— Pra casa.

Então finalmente ditou o caminho para o celular de Madalena. Seguiram quietas, uma avenida depois da outra. A motorista notou que o silêncio era ainda pior do que os soluços da amiga porque passou a se confrontar com ela mesma, e com tudo que não entendia. Não sabia o que levara Tomé àquela situação. Pensou no mundo cerceado em que vivia desde que conhecera Andrea, rodeada de amor, cuidado, dinheiro, além das quatro paredes da casa inteira branca. A vida seguia do outro lado de formas misteriosas que, mesmo depois de tanto tempo, Madalena ainda não compreendia. Ficou buscando motivos que a fariam correr esse risco e não conseguiu pensar em nenhum e, por isso, se sentiu fraca. Um propósito é também um arrimo.

— Amiga, posso te perguntar uma coisa?

Tomé assentiu.

— Por que você foi lá?

A manicure permaneceu calada. O celular ia apontando o caminho na tela e Madalena seguia as guinadas à esquerda, à direita, os cruzamentos. As avenidas, que antes eram largas e arborizadas, ao lado de edifícios envidraçados, foram se tornando cada vez mais estreitas, ao mesmo ritmo em que as construções se tornavam menores. Casas sem laje, lonas rasgadas que anunciavam promoções nos comércios, fios elétricos que cobriam a luz que vinha dos postes. Estavam longe do centro, mas ainda tinham o mesmo tanto pela frente.

Tomé tinha virado para observar o lado de fora. Encostou a cabeça no vidro até embaçá-lo com a respiração. Enfim falou.

— Porque elas pegaram o meu bebê, Lena.

17

A casa era sem reboque e se perdia entre as outras da rua. Madalena parou o carro bem na frente da guia rebaixada e, assim que saiu e viu o próprio veículo na rua mal asfaltada, pela primeira vez na vida, sentiu vergonha da opulência que ele transparecia. Fechou o teto de vidro com um aperto no controle e foi do outro lado ajudar a amiga a sair. Tomé demorou a encontrar as chaves de casa dentro da sacola em que lhe haviam devolvido suas coisas, e ficaram as duas um tempo detidas naquela busca.

Lena viu as casinhas grudadas umas nas outras, metade de tijolo de concreto, o resto terracota. Telhados de fibra ondulada, montanhas de sacos de lixo encostadas nos postes de luz à espera do caminhão que os levasse até o aterro. Nem todos os lares eram iguais, porém: alguns tinham plantas artificiais adornando a entrada; outros, cadeiras de praia armadas que receberiam suas donas no final da tarde para observar a pouca movimentação do lugar. Muitas casas estavam com as janelas e portas abertas mesmo na madrugada avançada. A de Tomé tinha as guarnições das janelas pintadas de azul. Havia também uma primavera mirrada, àquela época do ano sem flores, empunhando seus galhos secos e espinhentos para todos os lados. Enfim, ela encontrou as chaves.

Madalena carregou os poucos objetos da amiga para dentro e percebeu que a sala de Tomé era menor do que o banheiro de sua suíte. Um sofá de dois lugares ficava nem bem um metro à frente de uma tevê descomunal, coberto por uma caprichada toalha de crochê laranja. Grudada na porta da cozinha estava uma mesa de madeira, duas cadeiras de lata em cada lado. Postais em preto e branco de Paris, Roma e Londres enfeitavam as paredes, ao lado de frases motivacionais emolduradas. Sabia que Tomé morava com a mãe, mas que a mãe quase nunca estava em casa porque passava a semana na casa da namorada controladora. Estavam sozinhas.

Madalena se ofereceu para preparar comida, mas só encontrou, além dos muitos lanchinhos que Tomé costumava carregar na bolsa, um macarrão instantâneo. Enquanto esperava a água ferver, levou um copo de refrigerante para a amiga.

Tomé estava espremida no sofá, com o olhar fixo no teto. Lena ficou imaginando-a grávida e não conseguiu. Engordara vinte quilos, ela contou. Nem bem dois anos haviam se passado.

— O macarrão vai ficar pronto logo, logo, tá? Você quer uma água? Não quer deitar na cama?

Tomé ignorou a pergunta.

— Sabe, quando eu fico deitada assim de barriga pra cima, ainda consigo sentir ele se mexendo.

Madalena arrastou a cadeira para o pé da amiga. Três anos antes, a manicure ainda não trabalhava no salão. Vivia de bicos, pulando de um trabalho para o outro, sustentando a casa quase sozinha, uma vez que o pouco dinheiro que a mãe ganhava ia parar na conta da namorada. Até o dia em que, esperando um ônibus, bateu os olhos em uma das centenas de campanhas do governo anunciando dinheiro fácil em troca de serviços reprodutivos. A mulher no outdoor lia um livro jogada na cama, um prato com biscoitos na mesa de cabeceira, um chá fumegante ao lado. Lia e sorria gentilmente, de uma maneira que ninguém jamais lera um livro na vida, mas a mensagem era clara: aquela pessoa não tinha nenhuma preocupação em mente. A barriga só um pouco intumescida era o ponto focal da foto. Tomé subiu no ônibus impactada.

A moça não despendeu ao assunto o tempo necessário, olhando assim, de retrospecto. Alguns dias depois, cansada da vida incerta, fez seu cadastro numa das quatro clínicas públicas da cidade e pôs seu nome na lista de voluntárias para o programa de barrigas de aluguel. Passada uma semana, o telefone tocou. Será que ela poderia fazer uma consulta sem compromisso?

Tomé atravessou a cidade como se assistisse a alguém fazendo o mesmo na televisão, com apenas metade do cérebro em funcionamento. Viu a si própria descer do ônibus e caminhar os quarteirões até o número indicado, observando seu reflexo nas vitrines, parando antes em uma farmácia para comprar um esmalte. A bolsinha atravessada no peito mal ficava fechada de tanto que conferia os avisos do celular.

Então chegou ao endereço. Recebeu palavras encorajadoras e sorrisões sequenciais de todas as pessoas com quem cruzou na clínica. Também foi convencida a fazer um papanicolau sem compromisso, um exame de sangue rapidinho, um ultrassom que estimasse a reserva ovariana para que ela não precisasse retornar outro dia. Tomé entrava e saía de uma sala de exame para outra envolta em um roupão roxo, mimada por cafezinhos de cortesia e salgadinhos integrais.

— Aceita um bolinho de pistache sem glúten?

Tomé aceitava e, embora não fosse exatamente ingênua, vivera pouco e se sentiu querida. Foi apresentada ao programa de benefícios oferecido a todas as barrigas de aluguel do país: uma generosa remuneração que se estendia das tentativas ao fim do puerpério, uma bolada graúda em troca da fertilização bem-sucedida, um valor extra por leite materno pelo período que ela desejasse e a bolsa vitalícia — essa de valor mais simbólico, é verdade, mas que serviria para cobrir um mercado mensal. Havia também os exames ginecológicos gratuitos, além da meia-entrada em cinemas e teatros, e o passe livre municipal. A cada novo menino gerado, o valor era reajustado.

Depois dessa primeira consulta, Tomé voltou à casa diminuta no bairro da Ascensão e só então começou a pensar. Não confidenciou a ninguém os planos que iam se instalando dentro dela, pois já podia imaginar as tentativas de dissuasão que receberia. Fez as contas de quanto conseguiria poupar ao mês e quanto, ao cabo de muitos meses, poderia comprar depois. Um curso de manicure, um carro, um teto só dela. Quando a enfermeira da clínica ligou, já estava decidida.

— Parabéns, Maria! Será uma honra poder contar com você. Está no auge da vida fértil.

Tomé era fértil, muito fértil, como não, aos dezenove anos. Era fértil e no terceiro mês engravidou. Os espermatozoides Y nadaram e nadaram e, não muito tempo depois, Tomé estava deitada na maca da clínica, embaixo de uma grossa camada de gel, ouvindo as batidas aceleradas de seu filho no ultrassom. Agora só restava gestar.

Economizou menos do que gostaria, é verdade, mas desfrutou dos nove meses como de nada antes. Viu-se recriando a propaganda no ponto de ônibus, feliz e largada na cama, jogando no celular no meio de uma tarde de terça-feira. Convidava as amigas para jantar, dava voltas despreocupadas pelo centro e, como não poderia deixar de ser, se apegou à criança que começava a se mexer em sua barriga. Quando se deu conta, adoeceu.

— Eu queria morrer, Lena. Eu só conseguia pensar que iam arrancar meu filho de mim.

Entrou em uma depressão maciça. Se antes ficava largada na cama no meio da tarde só porque podia, agora o fazia porque não conseguia se levantar. Não podia se imaginar voltando para casa com a barriga vazia e os braços sem bebê. Usou todo o dinheiro que ganhou para consultar advogados sobre suas opções — que, claro, não existiam. Amaldiçoou o dia em que se voluntariou. Ter a maternidade negada, gestar sem querer, parir sem acolher, criar sem poder alimentar, a única certeza é a dor inescapável da mulher. Oscilava entre fantasias trágicas nas quais o bebê nascia morto, ou ela morria tentando fugir, ou então se matava antes do parto.

Os dias de consulta compulsória vinham com taquicardia, tremedeiras, sensação de morte. Seu filho crescia com uma voracidade afrontosa. Ela chegava à clínica suada e as enfermeiras, sempre sorridentes, ficavam longos períodos medindo sua pressão e fazendo anotações no sistema. Davam-lhe umas gotinhas, umas bolinhas de açúcar, um comprimido depois do outro. Um dia, recebeu o aviso de que havia sido inserida no acompanhamento psicoterapêutico obrigatório. Ia às sessões sob ameaças de ter o auxílio cortado. Serviam apenas para que chorasse em outro cenário.

Madalena se reclinou para abraçar Tomé, mas se deteve quando se lembrou dos machucados. A amiga encolhida no sofá, com as marcas no rosto e as feridas pustulentas, caída no choro de tanta memória. Não conseguia conciliar a história que Tomé contava com a pessoa sorridente que a abraçava todos os dias pela manhã.

As obstetras indicaram uma cesárea. Para que prolongar o sofrimento, não é mesmo? Haveria um pequeno ônus para o menino, mas o corpo da mãe é soberano, elas disseram. Tomé aceitou a sugestão, mas recusou a anestesia geral que lhe foi fortemente recomendada. Estava só um pouco sedada e tinha a vista tapada por um pano opaco azul perpendicular ao chão bem na altura da cintura quando deu à luz, mas ainda assim conseguiu ver por apenas uns segundos o filho varão, perfeito, cheio de dobras, da cor dela, dos cabelos lambidos dela, dos olhos pequenos dela, a explorar o mundo em que viera parar, enquanto era levado às pressas para fora da sala. Tomé berrou e gritou e se chacoalhou até a injeção intravenosa emergencial derrubá-la.

A pergunta não era mais por quê, mas como. Como é que Tomé poderia estar em qualquer outro lugar que não fosse jogada no chão resistindo à polícia em frente àquele ministério, Madalena já não sabia responder.

18

"Uma grande diferença entre a raiva e as outras emoções é o local em que a percebemos. Quando sentimos tristeza, vergonha, culpa ou ansiedade, aceitamos que são sensações nossas, que são características nossas. Já a raiva se volta contra o mundo externo. Quando nos irritamos, acreditamos que a culpa desse sentimento está nos outros. Não estaríamos bravas, se outras pessoas não fizessem coisas estúpidas, se algo não tivesse dado errado. É muito fácil transferir a culpa. Mas é preciso entender que a raiva também está dentro de nós, e que é algo que pode ser trabalhado..."

Madalena apertou irritada o botão do rádio do carro com a mão direita. Na esquerda, equilibrava um cigarro para fora da janela, batendo as cinzas no asfalto, dominada pelo novo vício. Havia atravessado o Bairro Novo sem perceber. Não tinha nenhuma recordação das ruas que cruzara, se por acaso encontrara outro veículo ou não. Fora teletransportada até a entrada da cidade. Então tentou lembrar para onde estava dirigindo e, enfim, conseguiu. Em vinte minutos, chegou ao laboratório.

Embicou no serviço de manobrista e percebeu que a moça que abriu a porta para ela deu uma rápida conferida em sua barriga. Nada por aqui. Madalena entrou na clínica e viu a esposa no meio da sala de espera mexendo no celular e agitando os pés sem parar, de modo a deixar apenas a ponta da sandália encaixada no pé. Fazia isso quando estava nervosa. Assim que avistou Madalena, parou.

— Está tudo bem? Já te chamaram?
— Disseram que sou a próxima.
— Quer alguma coisa? Uma água? Um biscoitinho?
— Estou bem, obrigada.

Depois do empurrão, viviam uma convivência encenada, de cordialidade vitoriana. Pediam licença uma à outra quando se encontravam no banheiro. Consultavam-se quando voltavam para casa para ver se não deveriam dar um pulo no mercado antes. Agradeciam quando uma passava a jarra de suco para a outra na hora do jantar. Andrea teve a delicadeza de nunca perguntar o que houve com Tomé naquela noite e Madalena retribuiu a consideração com mais silêncio.

Dedé, que havia emergido do quarto no dia seguinte ao empurrão pedindo o divórcio, tinha sido gradualmente convencida a ficar. Lena prometeu procurar ajuda para seus acessos de raiva, e vivia se desculpando. Desculpava-se ali naquela hora, por exemplo, quando oferecia biscoitos à esposa antes do exame.

— Sra. Andrea? Podemos ir?

A enfermeira que apareceu na porta do consultório estava vestida de lilás. Tinha os cabelos contidos em uma rede. Pediu que Dedé trocasse sua roupa por um roupão e se deitasse na maca. Assim que o fez, a barriga dela se ergueu no meio da sala como uma cordilheira, separando as duas. Tinha crescido tanto nas últimas semanas que se espantaram ao perceber o avanço da gestação. Espantaram-se ainda mais uns dias atrás, quando viram que haviam feito apenas um ultrassom, bem no começo, antes que aquelas células começassem a se organizar em uma cabeça, uma espinha dorsal, quatro membros, vinte dedos, um coração. Andrea havia estado ocupada no ministério, e Madalena, com o despertar de uma vida toda sua. Tinham uma aversão em comum a médicos e agora não faziam a mínima ideia se a nova criança era boa.

Marcaram a consulta às pressas e ali estavam vivendo, além da cordialidade, uma tranquilidade fingida, nenhuma querendo admitir à outra o terror de terem um bebê que não fosse, bem, perfeito. A médica entrou na sala e diminuiu as luzes. Cumprimentou as duas e pegou o prontuário. Tinha os cabelos quase até a cintura, as pontas dos fios finas e quebradiças. Madalena viu que ela carregava em um colar os pingentes de três menininhas de ouro. Três filhas. Será que eram perfeitas?

A médica passou o gel na barriga de Dedé. De quantas semanas você está, como foi o outro ultra, quer dizer que vocês não fizeram o primeiro morfológico, e vocês sabem que também já estão atrasadas para o segundo, bem, então faremos agora, vou começar, me avise se incomodar. A máquina começou a emitir as ondas de som, a frequência alta demais para os ouvidos humanos, perfeitas no entanto para registrar um corpo que ainda habita outro. A luz na tela se acendeu, e o que antes era só escuridão se transformou em formas borradas de nuvens brancas, listras, manchas, um bebê.

Seguraram o ar e então o som começou. As batidas, uniformes, constantes, aceleradíssimas, como devem ser as das crianças que não nasceram ainda, as mesmas batidas que tinham começado em algum momento meses atrás, que ecoam dentro de adultos, bebês, idosos, cachorros, baleias, tubarões; batidas que indicavam a vida, o sangue correndo, o calor, e que só iriam parar em um tempo que ainda não existia.

Madalena pensou no bebê de Tomé e apertou forte a mão de Andrea. Ficaram juntas ouvindo o som. Então a médica passou às medições, aos vinte dedos, aos dois rins, às quatro câmaras do coração. Não era de muitas palavras, apenas indicava de vez em quando o que estava aparecendo na tela, embora Andrea e Madalena pudessem jurar que já sabiam. Não era aquela sua filha? Já não a conheciam? Lena não conseguia aceitar a ideia de ver um filho sendo levado embora. O que seria dessa criança? O que seria dessa mãe?

A certa altura, porém, a médica se calou. Ficou passando o transdutor no mesmo lugar, no que parecia ser a nuca ou o abdômen, indo e vindo, espalhando mais gel, pressionando o balão inflado que era a barriga de Andrea. Na tela, os mesmos borrões de sempre. Um braço aqui, ou seria uma perna? Um chute nas costelas que fez Dedé saltar de dor. Então ela encerrou o exame. Tirou a cortina de cabelo das costas e botou-a para o lado esquerdo. Deu uma raspada na garganta.

— Já volto. Esperem aqui, por favor.
— Esperar? Está tudo bem?
— Sim, sim. Eu volto logo.

Madalena e Andrea ficaram sozinhas na sala escura. Não sabiam se podiam se mexer. O gel começou a escorrer pelas laterais e Lena pegou umas toalhas de papel para ajudá-la a se limpar.

— Será que tem alguma coisa errada?
— Não, imagina.

Madalena não enganava ninguém, no entanto. A tela estava congelada em alguma parte inespecífica daquele corpo envelopado, com as marcações indecifráveis da doutora. A criança continuava agitada e seguia chutando a mãe no diafragma, nos pulmões e costelas, com os pés já para o alto e a cabeça para baixo, pronta para a passagem. Um arrepio tomou Dedé, que, afinal, ainda estava despida, e fez com que se cobrisse com o roupão. Madalena levantou para pegar uma manta de tecido sintético dobrada num canto.

— Você vai voltar daqui pro trabalho?
— Eu deveria, mas não vou. Vou pra casa.
— Muita coisa pra fazer?
— Demais. Estamos organizando a transferência.
— Ah, é? Já?

— Está perto. Vai ser no fim de semana depois da Páscoa. Está a maior confusão.
— Nossa, já?
Andrea ficou grata pela distração. Até se ergueu para conversar sentada. Apoiou-se sobre os cotovelos e, com as mãos, ficava acariciando as laterais da barriga, acalmando mais a si mesma do que o bebê. Passou a explicar a logística envolvida em transferir centenas, quase mil homens ao mesmo tempo de diversos alojamentos menores para a unidade nova. Explicou os custos e os empenhos de segurança envolvidos que, por serem tão complexos, deveriam ser destacados pelo menor período de tempo possível. Um esforço de guerra, ela falou. Usava as palavras que Lena tinha ouvido na festa de inauguração. Estavam todas no ministério trabalhando em sinergia nisso.
Apenas de vez em quando olhava para a porta por onde a médica tinha saído. Madalena se esforçava para ouvir a esposa com atenção, mas seus olhos também terminavam na porta. Então inventava alguma outra pergunta para evitar o grande assunto e ganhar mais alguns minutos. O transporte seria de ônibus? Todos os homens vão chegar na mesma hora? Quando achou que não toleraria nem mais um instante daquela espera, levantou para pegar o celular na bolsa, queria ver as horas.
— Só pode ter algo errado.
Dedé falou suplicando pelas palavras tranquilizantes da esposa. Não pôde ouvir a resposta, porém, pois a médica abriu a porta num tranco.
— Prontinho. Aqui está.
A doutora estava com o braço esticado; na mão, uma pasta de papel.
— O que é isso?
— Seu ultrassom. Fui imprimir pra que vocês já levassem o resultado. Desculpem a demora.
— Só isso? Mas está tudo bem?

— Sim, tudo ótimo. É uma criança completamente saudável. Já deixei na pasta os pedidos pros últimos exames, porque vi que vocês estão atrasadas.

Um dos pingentes da doutora tinha se enganchado em seu cabelo, sem que ela tivesse percebido, e agora estava pendurado de ponta-cabeça perto do ombro.

— Pode ficar à vontade pra se arrumar, viu, dra. Andrea? Um bom dia pra vocês.

Madalena e Andrea ainda ficaram uns segundos imóveis. Depois consultaram a pasta para se assegurar e, sim, estava tudo lá, medidas adequadas, vitalidade dentro do normal, líquido amniótico como o esperado, um neném como tinha de ser. A criança perfeita delas. Não queria que fosse perceptível, mas enquanto tentava atravessar o vestido de gestante, lutando para encontrar uma manga e depois a outra, virando a cintura para que ficasse no lugar certo, esticando-o por cima da barriga, Dedé começou a chorar, umas lágrimas de alívio. Madalena viu. Largou a pasta de papel em cima da cadeira e foi abraçar a esposa, que encostou a cabeça em seu ombro. Ficaram assim até que a enfermeira abrisse a porta para a próxima paciente entrar.

19

Rosa não se aguentou de felicidade quando viu as duas mães atravessando a porta de casa juntas. Largou a tarefa em cima da mesa e foi correndo pular no colo delas.

— Mamããães!

Madalena a pegou no ar e deram todas uns beijos e abraços entre si. Estavam banhadas em serotonina depois da consulta, cheias de bons presságios e esperança. Vânia as observava de longe, sentada na mesa, diante dos cadernos de Rosa. Como sempre, tinha os cabelos presos em um rabo de cavalo baixo, contidos por uma fivela dourada cravejada de strass, incongruente para a moça discreta. Tinha um tique: passava os dedos sem parar nos lóbulos da orelha, de modo que estavam sempre muito mais vermelhos do que o resto do rosto. Brincos de tensão. Vânia apoiou a cabeça nas mãos fininhas e ficou analisando a família em harmonia. Assim que Madalena se viu observada, aprumou a postura. Deixou a filha no chão.

— Oi, Vânia, tudo bem por aqui?

A mulher assentiu com a cabeça, quieta como sempre, com seus olhos enormes de artrópode. Falava tão pouco quanto o espaço que ocupava, o calor que emanava, a comida que ingeria.

— Foi tudo bem no exame hoje?
— Tudo ótimo, sim. Obrigada, Vânia.
— Que bênção. O mais importante é ter saúde.
— Com certeza. Estão fazendo a tarefa, é?

A resposta veio em silêncio de novo, em um acenar sutil do queixo e um sorriso educado. A moça se levantou e começou a recolher os cadernos de Rosa e a botá-los de volta na mochila.

— A tarefa é pra semana que vem, mamãe. A professora pediu pra eu circular as palavras que são coisas. Tipo "casa", "boneca", "abacaxi", "cama"...

Rosa não tinha problema algum em preencher os espaços com barulho. Nenhuma pergunta, opinião ou desejo corria o risco de ficar soterrado por ali. Madalena se lembrou da primeira vez que a filha percebeu que havia uma voz em sua cabeça narrando tudo que fazia. Ainda podia ver a cara que a menina fez na ocasião. Testemunhou o nascimento da consciência na filha, assim como o dos primeiros dentes e do primeiro galo na testa.

— Mamãe, a minha melhor amiga é a voz na minha cabeça, sabia? Ela está sempre comigo!

Não tinha nem quatro anos. Gritava a descoberta com emoção e apontava para a própria testa. Ao longo dos meses, porém, Lena tinha notado a evolução daquela voz. Em vez de trazer alegria, começava a aparecer com tristezas. Reparou que as palavras gentis que a voz sussurrava aos poucos foram se tornando mais breves do que as desagradáveis. Viu os pensamentos chegando com dúvidas, críticas, inseguranças, e observou a menina ficando opaca. Madalena tivera problemas com a própria voz dentro da cabeça ao longo de toda a sua vida, e teria feito de tudo para silenciar a da filha.

— E se hoje a gente pedir hambúrguer e batata frita de janta, hein?

— Ebaaaa.

Vânia tinha ido até a cozinha, onde estava lavando a lancheira e a louça que Rosa tinha usado ao longo do dia. Quando terminou, ficou secando a pia de quartzo branco com um rodo em miniatura, com tanta força que a borracha começou a soltar ganidos.

— Vai pra casa, Vânia. Estamos bem aqui. Obrigada por hoje, viu?
A babá saiu para juntar suas coisas. Viu Lena e Dedé se entreolhando satisfeitas. Já estava quase de saída pela porta, quando abriu a boca de novo.
— Você está tão linda, dona Andrea.
Dedé se surpreendeu e agradeceu.
— Posso encostar na sua barriga?
A babá atravessou a sala inteira e parou na frente da grávida. Tocou a parte mais alta do ventre com seus dedos finos.
— Vocês se completam, não? — disse Vânia.
Foi um gesto gentil, mas Madalena enxergou o desejo contido de Vânia. Reconheceu-o porque ela mesma já o sentira, pouco mais de sete anos atrás. Foi durante o parto de Rosa. Lena ficou tentando dar nome àquilo que sentia enquanto ouvia os gemidos de Andrea. Não era medo nem ansiedade, era inveja. Olhava para a então namorada enquanto ela se transmutava em bicho, e percebia que queria ela poder também se dividir em duas. Fazer da própria carne uma outra, rasgar-se no meio, expelir um humano. Teria tido outra existência, se pudesse engravidar.

Durante o parto, Dedé ficou horas num transe irreconhecível. Andava de um lado para o outro dentro do pequeno quarto de hospital procurando alívio. As contrações tinham se estabilizado e vinham a cada poucos minutos, de forma que não era mais capaz de se comunicar com palavras. Quando não estava se contorcendo de dor, recuperava-se. Afastava com gestos largos dos braços qualquer tentativa das enfermeiras de fazê-la se deitar na cama, como um chimpanzé contrariado. Se tivesse pedras para arremessar, Andrea as lançaria na cara da obstetra que sugeriu que saísse do chuveiro para acelerar o processo. Odiava aquele ambiente e declarou aos gritos que qualquer outra filha que tivesse nasceria em casa.

Grunhia exigindo que Madalena apertasse com toda a força sua lombar pelas laterais e, quando era atendida da forma correta, revirava os olhos em êxtase, agradecida, implorando para o tempo passar e terminar de abrir seu cérvix.

A princípio, Madalena observava Dedé como quem assistia a um documentário de vida animal. Nada daquilo parecia fazer sentido. Só podia ser castigo por algum crime primordial, as Escrituras tinham razão. Tudo mudou, no entanto, quando a obstetra falou que Rosa estava chegando. Andrea se botou de cócoras e, de repente, se calou. Ficou uns minutos juntando forças, entonando uns gemidos baixinhos como um mantra. O lamento subia e descia no mesmo meio-tom, sem parar, uma convocação, o divino, ali, encarnado na mulher que amava. Já não estava neste plano. Madalena viu beleza naquilo, como em um beija-flor parado no ar, como nas primeiras horas do dia, como em uma criança adormecida. Logo Dedé voltou a berrar mais alto do que nunca e, três contrações depois, já não se ouviam mais os gritos de dor, e sim o choro estridente de um recém-nascido, Rosa, a recém-nascida delas. Aquele canto durou poucos segundos, mas existiu. Marcara Madalena para sempre. Madalena, e seu ventre que não gestava.

Lena estava encomendando os lanches no celular, quando Vânia partiu depois de muitos minutos apalpando a barriga de Andrea. A casa voltou ao seu estado natural. Rosa ia preenchendo cada segundo com sua fala torrencial, enquanto as mães se intercalavam para responder ou dar sinais de aprovação. Era um fim de dia como há tempos não tinham. Movimentavam-se pelo lar como pecinhas de montar, encaixadas, moldadas umas para as outras. Quando os hambúrgueres chegaram, sentaram-se à mesa. As mães aproveitaram para mostrar a Rosa as fotos da irmãzinha nova ainda na barriga. A menina ficou um longo tempo olhando para os retratos disformes. Madalena viu a expressão da filha mudando ao perceber que, em breve, aquelas sombras habitariam a casa delas.

— Mas quem vai cuidar da neném quando ela nascer?

Rosa tinha aberto seu sanduíche e arrancado do pão a parte molhada de suco de carne.

— A sua mãe primeiro vai ficar uns meses em casa. Depois vai ser a Vânia — disse Lena.

— Mas aí quem vai ficar comigo?

— A Vânia também, querida.

Rosa não reagiu. Em vez disso, voltou a atenção às batatinhas fritas empilhadas sobre a mesa. Pegava uma, analisava-a e então decidia se botava na boca ou voltava para o monte. Ficou um tempão procurando alguma coisa indefinida, até que largou tudo, o rosto contorcido em choro.

— Não tem mais batatinha perfeita. Só tem batatinha pequena, queimada. Está tudo horrível!

A voz dentro da cabeça de Rosa urrava tão alto que Madalena jurou poder ouvi-la.

20

A mãe se espantava toda vez que Rosa a procurava para andar de mãos dadas pela rua. Davam dois passos e lá estava a mãozinha esticada, esperando ser envolta pela maior. Caminhavam juntas pela calçada como uma unidade, uma pertencente à outra. Madalena percebia a fragilidade dos dedinhos dentro de sua palma e sentiu um aperto no peito pensando no dia em que a filha decidisse que esse tempo terminara, e que, não, não precisava mais do apoio da mãe para atravessar a vida. Mas ainda não era hoje.

Andaram juntas o curto trajeto do estacionamento até a bilheteria, onde encontrariam duas amigas de Rosa. Comprou os quatro ingressos e, enquanto esperavam as outras, sem perceber, Madalena passou a língua nos próprios dedos e depois os dedos no cabelo da filha. Queria amansar uma mecha rebelde que se erguia por cima da orelha direita de Rosa. Não conseguiu.

Tinha proposto aquele passeio um pouco para alegrar a filha antes da chegada da irmã, e muito para abafar o sentimento de culpa que nutria por ter deixado inundar o aniversário de Rosa. Trouxera frutas, nozes, umas bolachas de arroz e água para a turma, e o plano era encerrar a visita ao zoológico com bolo e refresco na lanchonete.

Madalena conhecia bem as menininhas que chegaram correndo, deixando as mães para trás. Clara era a mais alta, de cabelo escuro preso em dois pompons, e Letícia, a de óculos. Em comum, as duas tinham a roupa: saias por cima de leggings coloridas e tênis de corrida. Elas cumprimentaram Rosa com abraços minúsculos, simulacros de adultas, e logo desandaram a falar e correr pelo pátio em frente à bilheteria. Madalena ficou com as mães.

— Vocês fiquem à vontade, viu? Podem buscar as meninas lá em casa depois a hora que quiserem. Vou dar um lanche reforçado.

Uma das mães, a de roupa de ginástica e celular na mão, a que havia tentado salvar o bolo de unicórnio no dia do temporal, olhou para o céu sem nuvens e fez uma careta.

— Parece que hoje vocês vão ter sorte com o tempo, né?

Madalena não entendeu se era piada ou desfeita, mas pelo semblante sério da mulher resolveu tomar como insulto. Ignorou-a. Despediram-se e lá foi ela tentar controlar as três crianças e convencê-las a entrar no zoo. Passaram pelas catracas que ficavam debaixo de um imenso portal de concreto no qual quatro girafas de cimento faziam as vezes de coluna para sustentar o teto. A proporção não estava correta. As cabeças eram grandes demais para os pescoços não tão compridos, e deixaram Lena aflita.

As meninas saíram em disparada para todos os lados. Subiam nos bancos e pulavam, apontavam os bichos e já saíam correndo para os próximos, olha o cisne, olha o javali, olha o papagaio. Madalena achava que elas passariam alguns momentos observando os animais, mas se enganara.

— Meninas, esperem! Fiquem num lugar em que eu consiga ver vocês!

Dizem que criança precisa de espaço, mas o que Rosa precisava mesmo era de uma irmã. Filha única entre adultas sempre exaustas, a menina se metamorfoseava quando encontrava outras, e só então ficava evidente para Madalena como era penosa uma infância sem companhia. Lena tinha se acostumado a ver a menina brincando sozinha, entrando no ritmo das mães, esperando as pessoas ao redor terminarem suas tarefas monótonas. Ao lado de outras crianças, porém, Rosa virava quem ela era de fato, com desejos e mundos que eram só dela. Madalena via a filha cochichando com Clara e Letícia e mudando de assunto quando ela chegava perto. Voltavam a confabular assim que se afastava.

Haviam chegado ao cercado dos herbívoros, um gramado extenso separado das visitantes apenas por uma vala com água. Zebras, lhamas, antílopes e veados pastavam um ao lado do outro em uma fantástica terra sem fronteiras ou continentes, convivendo forçadamente, subjugados pela espécie humana dominante. Não estavam nem aí. A grama era rala debaixo dos cascos. Os animais mascavam os mesmos pedaços de folha inúmeras vezes e encaravam o horizonte com os olhos sem expressão. Mas que visão faziam, com suas pelagens brilhantes e chifres retorcidos. Listras, lã felpuda e rabos flexíveis. Uma ou outra fêmea andava pelo espaço enganchada em suas crias, que mamavam. As mães andavam indiferentes às vontades dos filhotes. Os machos, indiferentes a todo o resto. Mesmo Rosa e as amigas pararam para espiá-los.

Durou dois minutos o interesse, porém, até as três repararem que estavam debaixo de uma falsa-seringueira imensa. O tronco era mais largo do que um carro e a copa se estendia por muitos metros, cobrindo pessoas, camelos, búfalos. As raízes aéreas surgiam do alto em busca de um pedaço de terra no qual se fincar, para então se transformarem em troncos auxiliares e se espalharem ainda mais.

Madalena lera uma vez que as falsas-seringueiras desse tamanho eram acidentes de percurso. Criadas como plantas ornamentais dentro de casa, foram parar nas vias e parques públicos por descuido. Que erro. Sem os vasos para conter seu desenvolvimento, cresciam como montanhas. Vão tomando os ares e o subsolo, empenando calçadas e cobrindo o sol, até virarem esses monstros de cinquenta metros. Imaginou as árvores fugitivas olhando com condescendência para as pessoas lá embaixo. Eram livres agora.

Rosa e as amigas fizeram o mesmo que qualquer criança antes delas já fizera: pularam para dentro do canteiro e começaram a se pendurar nas raízes aéreas como macaquinhas. Ficaram balançando de um lado para o outro e competindo para ver quem pulava mais longe depois de serem impulsionadas pelos cipós. Então começaram a escalar o enorme ser vivo.

— Eu consigo subir mais alto!

Madalena quase infartou ao ver a míope Letícia a tantos metros do chão.

— Letícia, mais pra baixo!

Foi ignorada. A menina subia cada vez mais alto, apoiando-se nas raízes enterradas no chão e usando as outras para se puxar para cima. Madalena foi ficando ansiosa. Tinha uma memória infantil — ou melhor, uma anedota infantil, porque na verdade não se lembrava de nada — da vez que caiu de uma falsa-seringueira. Estava desse mesmo jeito da menina, pendurada no alto de uma árvore, quando escorregou. Deu uma virada desajeitada no ar, caiu no chão e bateu a cabeça. Quando levantou, Lena falava e andava normalmente, mas não sabia quem era. Não sabia onde estava, o que havia acontecido, quem eram as pessoas ao seu redor.

Ficou quatro dias sem nenhuma memória recente. Escovava os dentes e no segundo seguinte ia escovar de novo. Comia e não se lembrava o quê. Não sabia mais onde ficava o banheiro, apesar de lhe explicarem dezenas de vezes que ficava no corredor, depois do refeitório, terceira porta à direita. As médicas do hospital chamaram de traumatismo craniano, e era incerto se Madalena retomaria as lembranças ou se ficaria assim, amnésica, sem identidade, para todo o sempre. Semanas se passaram. Uma bela manhã, porém, acordou e as memórias haviam voltado. Não foi necessariamente um dia feliz.

Madalena se posicionou ao lado do tronco imaginando que seria capaz de pegar nos braços qualquer uma daquelas frutas humanas que porventura escorregassem lá de cima, mas não chegou a tanto. As crianças desceram ajuizadas, observadas pelas elegantes zebras e os escrachados dromedários, e seguiram a correria. Passaram por um viveiro de aves coloridas. Do lado direito, um tanque de capivaras gordas e aves pernaltas de moicano preto. Os roedores estavam parados, com os olhos apertados, como se tentassem enxergar algo bem ao longe, com a barriga cheia de grama. Viram-nos por apenas uns segundos.

O zoológico era moderno, embora enxuto. No ritmo apressado que seguiam, já tinham caminhado por boa parte dele. Os animais serviam como pano de fundo para a brincadeira das meninas, que agora se distraíam coletando flores caídas de umas paineiras que circulavam o tanque dos grandes répteis. Enfiavam as pétalas no cabelo umas das outras e saíam rodopiando para erguer as saiazinhas até caírem tontas no chão. Então se erguiam e recomeçavam, às gargalhadas. Os jacarés, como era de se esperar, tomavam seu banho de sol desinteressados. As tartarugas se arrastavam em câmera lenta. Lena fez valer o dinheiro da entrada e olhava atentamente para os animais. Sentiu a frequência cardíaca baixando ao encarar os bichos. A paz de viver no presente. Nenhuma ameaça à espreita. Quando achou que as meninas estavam à beira de um acidente rodopiante no chão, resolveu continuar com a visita.

— Meninas, que tal um lanchinho?
— Viva!

As três se aproximaram correndo, ainda cambaleantes, e Madalena mostrou que estavam perto da lanchonete. Rosa liderou o grupo e escolheu um bolo de cenoura com suco de uva para as três. O grupinho ia saltitando de um canto para outro. Sentaram-se do lado de fora, perto de um parque de madeira com balanços, escorregadores e estruturas de escalar. A mãe ficou comendo as frutas rejeitadas pelas crianças em silêncio. Ainda oscilava na mesma frequência dos bichos. Rosa estava feliz, enfim. Era o que merecia depois de tanta turbulência em casa. Raspou a calda de chocolate e comia o bolo em grandes garfadas, mastigando com a boca aberta, sem ligar que lhe faltavam os dentes da frente. O suco tinha lhe dado um bigode roxo com as pontas viradas para cima, mas não sabia disso. Falava, comia e gargalhava. Era só sorriso e gengiva.

Rosa, Clara e Letícia terminaram o lanche apressadas, como tudo o que faziam, e então desistiram dos animais. Foram explorar o parquinho. Em segundos, já se balançavam de um lado para o outro. Alguns minutos depois, tiraram das pequenas bolsas que trouxeram umas bonecas e se sentaram em um canto para brincar. Madalena viu que teria um tempo para respirar e pediu um café, que ficou adoçando lentamente no balcão da lanchonete, uma colherzinha de açúcar, então mais meia, e mais meia. Levou a bebida dentro de um copo de papelão para um canto e ficou descansando num banco na sombra, um olho nas meninas, o outro ao redor. Mirou para cima e viu a trama de folhas que cobria o céu azul. Viu mães ajudando suas filhas pequenas a subirem nos brinquedos. Logo ao lado, um pássaro cagou em uma menina de camiseta branca, que começou a se contorcer de nojo e a soltar uns gritos estridentes que, pelos cenhos franzidos das pessoas, irritaram todas ao redor. Só então Madalena percebeu que estava sentada ao lado do viveiro dos orangotangos. Era estranho não ter reparado antes, porque grandes placas por toda parte anunciavam a atração. Os primatas cabeludos eram o ponto alto do zoológico, os animais mais espetaculares do passeio, na falta de tantos outros extintos nas últimas décadas.

Madalena se levantou para ver os macacos, do lado oposto ao parquinho. Ficavam atrás de uma grossa camada de vidro blindado. O viveiro era grande e ao mesmo tempo insignificante para animais daquele porte. Troncos de madeira empilhados subiam por muitos metros, de onde ficavam pendurados balanços de pneus e elaboradas redes de descanso. No chão, apenas legumes e frutas, e alguns brinquedos humanos destruídos.

Madalena precisou grudar o rosto no vidro para escapar do reflexo e poder observar os animais. Ao longe, encostados no fundo do viveiro, estavam dois adultos largados no chão. Deitados de lado, viravam as costas para o público e só se via que estavam acordados porque às vezes mexiam um braço ou um pé, como que para testar que ainda funcionavam, e então os largavam no chão. Não queriam saber das visitantes.

Em uma das redes, estava uma fêmea. Ao contrário do par lá atrás, ela encarava as humanas com seus peitos caídos iguais aos de qualquer outro primata de idade avançada. A pele em excesso no meio do colo quase formava uma terceira teta, que Madalena não conseguia parar de examinar. Era uma macaca peluda e preguiçosa. Os dedos claros, desenhados como os humanos, mas muito mais compridos e grossos, tinham unhas redondas nas pontas que, por algum motivo, Lena imaginou aprumadas, sem cutículas e pintadas com esmalte. A orangotanga as usava para futucar a barriga sem parar. Quando parou um pouco, a humana conseguiu ver uma ferida ao lado do umbigo que atraía moscas oportunistas. A macaca tinha um semblante simpático, um sorrisinho congelado de canto de boca, que não ficava claro se era próprio da espécie ou da indivídua.

Madalena então leu a placa. "*Orangotango, em malaio antigo, significa 'homem da floresta'. Dentre os povos tradicionais da Malásia, havia a lenda de que sabiam falar como os humanos, mas que não o faziam com medo de serem forçados a trabalhar. Superstições à parte, os orangotangos pertencem ao seleto grupo dos grandes primatas, assim como nós, e exibem uma inteligência admirável, que inclui a habilidade de criar e usar ferramentas."*

As espécimes atrás daquele vidro, no entanto, não exibiam nada. Mal se mexiam, estáticas no sol da tarde. Os rostos eram indecifráveis. A única movimentação vinha de um filhote, que pulava e descia da mãe sem parar. De resto, só letargia. Madalena se lembrou de uma história que ouvira na escola para ilustrar a barbárie dos tempos pré-revolucionários, de uma orangotango fêmea do século XX que fora inteira depilada e imobilizada por homens perversos, para poder ser ininterruptamente estuprada em um prostíbulo. Um arrepio tomou o corpo de Lena.

Decidiu voltar ao banco e assistir às meninas no parquinho, quando viu que bem ao seu lado, a centímetros de distância, estava o macho dominante. Não o havia visto porque tinha metade do corpo coberto por uma coluna, mas agora que Madalena dera dois passos, se vira de frente com o rei da instalação. Era diferente do resto do grupo. Mais peludo e com grandes abas de carne e pele escuras que se projetavam para a esquerda e para a direita do rosto, formando um semicírculo. Os olhos ficavam incrustados nessa face inchada, quase perdidos no mar de pele de cor preta. O pelo era vermelho e, ao contrário da fêmea lá no alto, tinha longos bigodes. Abaixo da barba havia uma papada, que ficava balangando ao menor movimento do macaco. Não era alto, mas muito parrudo. Poderia estraçalhar Madalena sem dificuldade, ela sentiu, com apenas um golpe de seus braços, muito mais longos do que os troncos e as pernas empilhados. Mas não se movia.

Lena se postou bem à frente dele, quase à mesma altura. Admirou a pelagem, a pele enrugada, a boca que se projetava para a frente, os pés que também eram mãos. No meio das pernas, o órgão minúsculo porém determinante para assegurar a dominância sobre o resto do grupo. Então o olhar de Madalena cruzou com o do orangotango. Tomou um susto, não pela proximidade ameaçadora do bicho, mas por sua semelhança insuportável. Tinha rugas como as suas, pelos no nariz como ela, dedões opositores. Ele a encarou com tristeza e fixou a vista fundo nos olhos da mulher, como se a reconhecesse de outros encontros. De certo modo, ele a conhecia. Ele a vira em todas as pessoas que passaram ali antes dela.

Lena ficou sem fôlego. Deu um passo para trás, mas não desviou a atenção. Não havia espera ou curiosidade naquele olhar, apenas uma desesperança que vinha dos dias idênticos. Era um animal monumental, o topo de uma longa cadeia evolutiva, cheio de músculos e articulações e sulcos cerebrais e, atrás daquele vidro, não passava de uma vida esperando deixar de ser.

Madalena começou a sentir a moleza de novo. Sentiu as pontas dos dedos formigando e uns pontos pretos se espalhando pela vista. Apoiou-se no vidro. Dessa vez, porém, não ia se deixar tomar. Saiu da frente do macaco e procurou uma água gelada para beber. Sentou-se à sombra e mastigou alguns biscoitos de arroz. Respirou fundo. Não iria tombar de novo. As memórias vinham em torrente agora e deixou que a tomassem, mas não a dominassem. Daria uns minutos e, ainda cambaleante, iria se levantar e chamar as meninas, iria juntá-las ainda que reclamassem, ainda que demorassem e protestassem, ainda que chorassem iria pegá-las pelas mãos e levá-las até o carro, e ali garantiria que estariam bem afiveladas, daria partida, olharia para os dois lados nos cruzamentos, daria passagem para os pedestres, e então chegaria viva em casa.

21

Sentiu-se um pouco tola quando percebeu que havia ficado quarenta minutos decidindo que roupa usar, antes de sair vestindo uma legging preta, uma regata da mesma cor, tênis brancos e uma pochete de couro. Nunca usava roupas justas daquele jeito, mas achava que a ocasião pedia algo mais prático, que não ficasse atrapalhando os movimentos. Não sabia o que esperar daquela noite, mas era isto que desejava: um pouco de ação e adrenalina, uma corridinha talvez. Conferiu a aparência na janela do carro estacionado na garagem. Tinha combinado de encontrar Tomé na entrada do Bairro Novo. Caminhariam depois.

Era um fim de tarde fresco para fevereiro e, quando passava por baixo de alguma árvore, sentia o ar esfriando os braços expostos. Pensou em voltar para pegar um casaquinho, mas riu de si mesma, de tão mãe que era. Atravessou as calçadas e os gramados felpudos ainda molhados da chuva do dia anterior, e viu os respingos de lama sujando seus tênis branquíssimos. Então pisou em algo que cedeu, crocante, sob seu pé esquerdo. Ergueu o sapato e viu os restos do que havia sido um caramujo, sua polpa agora espalhada por toda a sola. Só então reparou que o chão estava repleto deles. Carnudos, babados, tranquilos e vulneráveis ao mesmo tempo. Madalena seguiu em frente arrastando o pé no asfalto, sem conseguir tirar da cabeça o som do molusco se partindo.

Ficou feliz quando viu que tinha acertado no visual ao encontrar a amiga igualmente toda de preto e com uma mochila rosa nas costas.

— Você mora longe, hein? O ônibus para bem antes da curva. Mais de vinte minutos pra caminhar até aqui.

Pularam o abraço porque as feridas no braço de Tomé, embora já bem cicatrizadas, ainda estavam lá. Voltaram pelo mesmo trajeto por onde Madalena tinha vindo. O plano era tentar cobrir o Bairro Novo inteiro. Era a primeira vez que Tomé andava por esses lados da cidade, e admirava o mundo novo sem esconder o espanto.

— Olha. Aquela casa tem um escorregador na piscina!

Quando acharam que já haviam caminhado o suficiente, pararam e Tomé abriu a mochila. De dentro, tirou centenas de folhas de sulfite impressas com mensagens. Um tijolo pesado de papel para ser dividido entre as duas. "Abaixo o sistema carcerário", "Alojamentos = cadeias", "Abolicionismo penal já", "O corpo é dele". Madalena ia folheando, em busca de placas novas. Os cartazes mais apelativos mostravam ilustrações de meninos pequenininhos ao lado de menininhas da mesma idade. "Qual é a diferença?", "Por que apenas ela é livre?". Havia mensagens para todos os gostos, "Tudo que você usa foi um homem que inventou", "Você não tem pai, não?" ou "Jesus Cristo foi um homem".

— Bem, Pôncio Pilatos também foi — Madalena disse olhando para esse último.

— Você entendeu, né? Para de achar defeito e me ajuda.

Madalena abriu sua pochete e tirou de dentro um rolo de fita adesiva. Decidiram que uma iria cortando os pedaços e a outra colaria os papéis em postes de luz, troncos de árvore e placas de trânsito. Foram assim percorrendo o Bairro Novo em zigue-zague, em perfeita sincronia fordista. Ainda que fossem pequenos, a onipresença dos cartazes bastava para chamar atenção. Lena olhava para os lados medindo o impacto da panfletagem, um pouco com temor, muito com orgulho. Será que fora reconhecida por alguma vizinha? Aproveitavam que o sol tinha se posto para percorrer o maior número de quarteirões possível.

— Você acha que isso tem algum efeito?
— Algum efeito tem. Você está aqui, não está?
Madalena se lembrou da vida de uns meses atrás. Ainda podia sentir nos dedos a textura escamada que sua pele assumia depois de um longo dia de faxina. Sabia de cor o canto mais imundo da banheira, o mais difícil de limpar, e que lhe tomava alguns minutos a mais. Lembrava-se de como passava longas tardes em frente ao computador, estudando várias versões da mesma receita de torta de morango, a fim de encontrar aquela que, ela acreditava, daria na sobremesa ideal.

Cada cartaz colado dava-lhe um aperto no peito, porque percebia que a vida que conhecia até então ia ficando mais improvável. Havia enveredado por um caminho só dela. Se colava os cartazes do lado de casa, em evidente insubordinação a Andrea, era porque rompera de vez com quem havia sido. Será que era isso que ela buscava, ao insistir em ter um emprego? Sua revolta era assim tão incontida? Por tantos anos, aprendera a conviver com aquele desgosto, alimentava-o com mais um dia e então mais um, até chegar a noite e se embrulhar nele na hora de dormir. A insatisfação tinha se transformado em outra coisa, em algo feio, pegajoso, irrefreável. Raiva.

Tomé sugeriu uma pausa para o cigarro. Acendeu um para Madalena e depois um para ela. Fumaram olhando para os pontos brancos que tinham espalhado por todo o bairro, os cartazes despontando como vagalumes aqui e ali. Ao longe, via-se o contorno do alojamento novo. Era mais iluminado do que a lua. O muro alvejado, as torres de vigilância, o arame enroscado em todo o redor, o orgulho do Bairro Novo.

— Sabe, elas vão trazer os doadores no fim de semana depois da Páscoa.
— Espera... O quê?!
— Sim, vão transferir homens do estado inteiro pra pôr aqui.
— Já tem data, então?

— Tem.

Tomé sabia de onde Madalena tinha tirado aquela informação. Sabia também o que significava a informação ter chegado até ela. Abriu a mochila e tirou de dentro um pacote de sequilhos de goiabada. Passou os biscoitinhos para Madalena, uma oferenda humilde. Lena pegou um e ficou raspando o recheio com os dentes da frente.

— Obrigada por me contar.
— De nada.
— Vai dar tempo de nos organizarmos. Podemos fechar essas ruas, fazer uma bagunça.
— Eu não sei se consigo.
— Não precisa.

Comeram metade do pacote em silêncio. Madalena aproveitava os pedregulhos do chão para limpar os últimos resquícios de caramujo das ranhuras do tênis, e ficou tão entretida que por alguns minutos conseguiu esquecer o que estava fazendo. Então se levantaram e continuaram andando até a praça do coreto. Colaram seus papéis em todas as colunas. "Reintegração JÁ", "Eles são nossos pais, filhos, irmãos". Já estavam tão acostumadas àquele trabalho que pareciam uma máquina bem calibrada, cortando adesivos, espalhando-os sobre as placas, andando mais alguns metros. Até que ouviram um sinal de longe. Olharam ao redor e assumiram que teriam que sair correndo, preparadas que estavam em suas leggings, até que Madalena percebeu que o barulho vinha do celular na pochete. Era Dedé.

— Lena, onde você está?
— Oi, estou perto de casa.
— Preciso que você volte pra ficar com a Rosa.
— Mas eu te falei que ia sair hoje.
— Não, Lena, você não está entendendo. Aconteceu uma coisa. Volta pra casa agora, por favor.

22

A bola passou a três centímetros e meio da trave esquerda do gol e a velocidade foi tanta que chegou a tremular um pouco a rede. O goleiro foi quem viu mais de perto a bola saindo da marcação no meio da área, onze metros à sua frente, depois ganhando altura e então fazendo a curva para a esquerda, ao mesmo tempo que foi também a pessoa que mais demorou a acreditar que o chute tinha de fato ido para fora. Por uma fração de tempo, não se ouviu barulho algum. Então, os urros.

O que se seguiu foi uma aglomeração destrambelhada. Os de branco foram para cima dos de vermelho com os dedos em riste, as bocas arregaçadas e um ou outro empurrão no ombro. Iam perder o jogo, mas também não haveria vencedores depois do que fariam.

Há apenas alguns minutos, estavam atrás na contagem, dois a um, quando seu craque chutou para o gol uma bola tão excelente, tão perfeita, que só poderia ser impedida de equilibrar o placar por alguma mão desaforada botada na frente da trajetória magnífica, exatamente o que um dos zagueiros de vermelho fez. Esticou o braço, impediu o gol de forma imoral, olhou o papel vermelho que o juiz levantou em sua direção e provocou o pênalti que restauraria a justiça do jogo. Mas a cobrança foi para fora.

Em poucos minutos, a situação saiu de controle. O primeiro a tomar um soco, um de verdade, dado com a mão em punho, com toda a força dos músculos peitorais do adversário, foi um lateral de vermelho. Sua cabeça foi estilingada para a direita, e quem estava por perto pôde testemunhar a careta burlesca que seu rosto assumiu logo depois do golpe, com os olhos em órbita e os lábios arremessados para o lado. Dado o primeiro murro, veio a pancadaria geral. O fato de estarem uniformizados foi muito útil na hora de discernirem em quem bater e a quem poupar, ainda que, algum tempo depois, a cor vermelha da camisa de metade dos combatentes acabasse não entregando a extensão dos ferimentos que sofreriam. Começaram a se espancar dentro do campo, todos eles: jogadores, treinadores, gandulas, bandeirinhas, juízes.

Logo, a briga se espalhou para as arquibancadas do pequeno estádio instalado dentro do alojamento da Bela Vista. Cadeiras foram arrancadas, pedaços de cano apareceram sem contexto. Foram para cima uns dos outros com uma raiva deslocada, causada não por um jogo, mas por anos de convivência forçada e pequenos desentendimentos corriqueiros. Um esbarrão na fila do almoço dado sem querer há semanas voltava à tona agora em forma de surra. Uma disputa no truco virava uma sova terrível. E os homens, que naturalmente se organizavam em facções e grupos, passaram a atacar uns aos outros sem dó.

As rebeliões dentro dos alojamentos não eram comuns, mas eram notoriamente violentas. Começavam em jogos de futebol, em brigas de bar, ou em um bate-boca no mercado. Cresciam como massa de bolo pouco batida, de repente, com o calor do momento, além do esperado. Deixavam dezenas, em alguns casos, centenas de mortos de uma só vez. Contê-las era impossível, pois vinham com a sanha dos tempos antigos, e a raiva de se verem prisioneiros transferida para os outros companheiros de detenção. Por isso, quando as brigas começavam, as guardas haviam aprendido a se recolher nos centros de vigilância e ceder o território para os homens em guerra. A ordem era observar. Deixá-los exaurirem a cólera sozinhos e a fúria seguir seu curso. Dentro de pastas secretas em altos gabinetes do governo, estava o real objetivo dessa estratégia: controle populacional, seleção de doadores mais mansos.

Pela câmera de segurança, Andrea via um torcedor caído no chão sendo cercado por outros cinco enfurecidos. Os chutes vinham de todos os lados, no meio das pernas, no pescoço, na altura do fígado, na cabeça. Quando o rapaz caído no chão parou de se contorcer, seu estômago embrulhou. Dedé se levantou da cadeira dentro da sala de controle a fim de dar uma volta e tomar um ar, antes de perceber que não poderia ir a lugar nenhum. Deu, então, três passos ao redor de onde estava e voltou a se sentar. Concentrou-se em outra tela.

A sala era relativamente grande, com o pé-direito alto, na qual dezenas de monitores de vigilância ficavam empilhados. Um painel de controle do tamanho de uma mesa de jantar para seis pessoas, coberto com botões coloridos e teclados de computador, além de joysticks para controlar os ângulos das câmeras, ficava logo abaixo, e era comandado por duas operadoras. Cerca de vinte pessoas estavam ali naquela noite, vidradas nas cenas de terror que se passavam a algumas dezenas de metros de distância, do lado de dentro dos muros.

— Já temos alguma contagem?

— Identificamos seis possíveis baixas até agora, dra. Andrea.

Dedé estava lá para comandar a resposta do ministério à rebelião daquela noite. Tinha acabado de escovar os dentes de Rosa quando o telefone tocou. Ainda estava com os dedos cheios de pasta e baba de criança quando atendeu o celular. A sorte foi que Madalena estava por perto. Vinte e cinco minutos depois, Andrea entrava na sala de segurança do alojamento, embrulhada em uma malha azul-clara bem fina e sandálias de tiras largas, as únicas que ainda comportavam seus pés inchados de fim de gestação.

Dedé tinha experiência com revoltas sangrentas. Foi depois de uma ocasião parecida, em que conduziu o fim de uma briga de torcidas que resultou em trinta e quatro mortes, oito anos atrás, que ela fora convidada a se juntar ao ministério. Antes, tinha sido diretora desse mesmo alojamento da Bela Vista. Conhecia aquelas instalações como ninguém. Conhecia muitos dos homens também.

Naquela noite, acreditou até ter reconhecido um deles, um senhor roliço de seus cinquenta anos, que já estava lá quando Andrea dirigia o alojamento. Era fácil distingui-lo porque tinha pouco cabelo no alto da cabeça, mas usava os fios laterais bem compridos, presos em um rabo de cavalo. Dedé viu-o por uma das câmeras, erguendo um pedaço de pau por cima dos ombros, correndo atrás de um rapaz mais jovem. Ela odiava as ordens que recebera. Se dependesse dela, mandava invadir, jogar água e bombas de gás, separar aqueles presos todos, botá-los de castigo cada um em sua casa, pensando no que fizeram. Em vez disso, precisava esperar.

A confusão começara algumas horas antes e tinha se espalhado por todo o alojamento. Havia pontos de disputa perto dos botecos, no meio das praças de convivência, nos caminhos entre as moradas, o que indicava que era um conflito a ponto de explodir há tempos. Dois bandos inimigos estavam se enfrentando naquela noite. Os homens mais pacíficos correram para casa. Uma das câmeras estava acompanhando um grupo de doadores que arrastava colchões e cobertores para a praça central. Barricada ou fogueira.

Andrea fingia assistir a tudo com atenção, embora o ponto focal dos olhos estivesse em algum lugar inexistente atrás das telas. Não tinha mais estômago para essas coisas. Apoiava as mãos na barriga volumosa, que resolvera começar com contrações de treinamento bem naquela noite.

— Não podemos entrar logo com o gás lacrimogêneo?
— Impossível. Ainda não conseguimos localizar todas as nossas.
— Já saiu a lista, pelo menos?

— Estamos com problemas no sistema, doutora.
A moça que se reportava a Andrea era bem jovem, mas muito séria. Tinha uma franja que cobria apenas metade da testa e era bem mais curta de um lado do que do outro. Dedé ficou se perguntando se era intencional. Visualizou a menina na frente do espelho com a tesoura na mão, apenas um olho aberto, tentando acertar o corte.
— Precisamos dessa lista urgente.
— Sim. Estamos correndo com... — Foram interrompidas por um estrondo ao longe. Demoraram um segundo para localizar a tela que registrava a origem do barulho, mas logo o fizeram: os presos tinham escalado um dos postes de luz que iluminavam o estádio e derrubado uma das enormes lâmpadas incandescentes.
— Deus me livre, são selvagens mesmo. — A mocinha da franja olhava com desgosto para a cena e, de canto de olho, media a reação de Dedé.
Andrea apenas ergueu as sobrancelhas.
— Nem todos, viu.
Em casa, o encontro com Madalena foi rápido, mas Andrea viu o que a esposa tinha nas mãos quando chegou. Conseguiu ler dois papéis. "Abolicionismo penal já." "Por que apenas ela é livre?" Ficou encarando os olhos imensos da mulher, suas sobrancelhas bem desenhadas, o cabelo tão preto, tão bonito. Foram segundos. Compreendeu tudo.
Sentiu uma vontade irracional de abraçá-la, levá-la para a cama das duas, cobri-la, botá-la para dormir. Olha nossa casa, Lena. Olha como é macio nosso colchão. Olha minha barriga. Por que isso não basta? Em vez disso, saiu pela porta. No caminho para o alojamento, ainda perto de casa, reconheceu os cartazes pendurados por toda parte. Chorou ao se ver vilã.
A montanha de colchões agora queimava, lançando um totem de fumaça para o alto, atrapalhando a visão das câmeras.

Homens corriam de um lado para o outro com camisas amarradas na cabeça, um pouco adornados para a guerra, mais para evitar identificação. Finalmente, Andrea havia recebido o telefonema autorizando os jatos de água. Do alto dos muros, de dentro do sistema de irrigação, das torres de vigilância, agora a água jorrava sobre os presos. Ainda assim, a pancadaria continuava forte. Numa das telas, a câmera focava em mais um corpo inerte no chão, caído em frente a uma churrascaria. Andrea percebeu constrangida que estava com fome, e seu estômago anunciou-o para a sala inteira. A moça de franja se prontificou.

— Vou procurar alguma coisa pra senhora comer. Já volto.

Dedé não queria mais nenhuma baixa, não queria se responsabilizar por mais um massacre e não estava se sentindo nem um pouco conciliatória. Queria tomar um banho, voltar para casa, voltar no tempo. O que ia ser dessa filha nova. Como iam explicar os caminhos separados das mães para Rosa. Sentiu mais uma das contrações indolores enrijecendo a barriga, e tentou se ajeitar na cadeira procurando conforto. A sensação incômoda de ter as entranhas comprimidas. A criança também não gostou do aperto, porque começou a se mexer assim que a onda uterina passou. Um dos chutes pegou em cheio no diafragma, e Andrea precisou se concentrar para puxar o ar.

A carcereira voltou equilibrando uma empadinha em um pratinho de plástico e o botou na frente da chefe. Dedé não teve tempo de agradecer antes de enfiá-la na boca. Só depois da segunda mordida, viu que a moça também lhe estendia um papel. Eram os nomes das mulheres que tinham dado entrada no alojamento naquela noite para encontrar seus amantes, passar tempo com seus namorados, preparar novas pessoas. O nome de Lúcia estava bem no alto da lista.

23

Madalena acordou com o barulho da porta da frente. Adormecera no sofá da sala, depois de alguns remédios e muitas horas na frente da televisão tentando acompanhar as notícias. Ainda estava com a roupa do dia anterior, a legging e a blusa preta, e tinha se enrolado em um cobertor de lã no meio da madrugada. Rosa havia demorado horas para dormir, e Madalena sempre era tomada por um ódio irracional quando isso acontecia. Tinha vontade de gritar, socar a porta e, naquele dia de horror, ficou muito perto de fazê-lo, então começara cedo a encher suas taças de vinho e não parou até a hora em que o sono venceu a agonia, já na alta madrugada.

Andrea chegou vacilante, apoiando-se no balcão da cozinha, e despencou na poltrona em frente ao sofá. O sol estava perto de rasgar o horizonte, pois a luz que entrava pela janela já era suficiente para reconhecer que havia chorado. Madalena se levantou e conduziu a companheira até o sofá. Cobriu-a, buscou um copo d'água. Já sabia de Lúcia, porque Dedé havia ligado no meio da noite. Também estava com o rosto dilatado de lágrimas.

Ficaram longos minutos abraçadas, deixando a água correr pelas faces em silêncio. Apertavam-se de vez em quando, aninhavam-se, bichos buscando proteção.

— Você sabia que ela já estava grávida? A Irene me contou agora.

Andrea falava com tanta dor e obviamente não tinha a intenção de machucar, mas, assim que falou, Madalena ardeu por dentro. Um banho de mar sobre a pele esfolada. Não, não sabia que Lúcia já tinha conseguido engravidar. Encolheu-se sem perceber. Dedé se calou.

Ficaram muito tempo ainda abraçadas. Conheciam o corpo uma da outra como nada mais no mundo, de todas as vezes que haviam tirado consolo deles. A ocasião em que Madalena se distraiu por um segundo e Rosa caiu de cima do trocador quebrando o braço de apenas oito meses de existência, resultando em um gesso impossivelmente pequeno e uma imensidão de culpa. O dia em que a última mãe de Dedé morreu, e ficaram ambas sentadas no chão da casa de infância separando roupas para doação, a filha sentindo a gravidade de se ver órfã. Nesses momentos não conversavam muito, apenas davam uma à outra sua presença. Sentiam o cheiro uma da outra, a pele macia de Lena, o cabelo de Dedé que envolvia tudo. Um lar inteiro nelas.

Andrea sentiu outra contração de treinamento. Elas iam e vinham, esporádicas o suficiente para que se esquecesse delas, por isso tomava um susto a cada chegada. Madalena percebeu e foi até a cozinha preparar um chá de camomila. A esposa precisava descansar. Nem imaginava como havia suportado aquela noite.

Não conseguia parar de pensar em Lúcia. Madalena sabia que a amiga andava feliz. Tinha aparecido alguns dias antes no salão para fazer a mão na hora do almoço. Vinha agitada como sempre, falando sem parar, e estacionou ao lado de Lena para lhe contar as novidades. Conhecera um doador perfeito. Gentil, engraçado. Falava escondendo um sorriso envergonhado, como uma menininha. Já fazia algumas semanas que estavam se encontrando. Tinham gostos em comum, praticavam esportes juntos, e conversavam muito também. Era um homem jovem, bonito, musculoso.

Lúcia exagerou nos detalhes físicos, refestelando-se no interesse inequívoco de Madalena. Foi alimentando-a com descrições das noites passadas na casa do rapaz, como quem joga um pedaço de pão no lago para os patos comerem e depois se regozija assustada com o avanço descontrolado dos bichos. Madalena se lembrava da camisa estampada de flores azuis que Lúcia vestia no dia em que a encontrara. Do batom rosado que havia escapado e se espalhado nos dentes da frente. Nunca mais veria a amiga. "Percebi que gosto de homens", foi o que Lúcia dissera.

O escolhido também gostara dela. De fato, gostara tanto que, a cada visita, sentia mais dificuldade em deixá-la partir, mas isso Madalena não sabia. Tinha ciúmes de Irene, e nutria a ilusão de que formariam juntos uma família. Não queria passar as noites longe de Lúcia. No dia da rebelião, percebera que jamais poderia viver sem ela. Assim, no meio da confusão, dos estilhaços, dos passos corridos e dos gritos que vinham de fora, que haviam deixado Lúcia aterrorizada, procurando abrigo na casa do namorado, ele resolvera apertar seu pescoço com toda a força do amor que sentia, até que ela parasse de respirar. Lúcia não seria de mais ninguém.

Andrea ainda chorava encolhida no sofá. Tinha identificado o corpo de Lúcia algumas horas antes. Lena viu a cara inchada da esposa, o nariz que se alargara ao longo da gravidez, os hormônios que haviam afrouxado as juntas daquele corpo miúdo, avolumando seu quadril, esticando a pele do abdômen para o limite do possível. Dedé tinha carregado tudo aquilo até a saída do alojamento depois de uma rebelião que havia tomado sete horas e sessenta e oito vidas. Andara devagar até as ambulâncias que transportavam os mortos e feridos. Reconheceu a colega de trabalho pelas mechas platinadas.

Madalena levou a xícara de chá até o quarto, e Dedé, ao banheiro, onde ficou lhe fazendo companhia enquanto ela tomava banho. Então a botou na cama. Ao contrário da filha algumas horas antes, a esposa pegou no sono imediatamente. Antes do fim da manhã Andrea já estaria de pé de novo, atravessando a porta em direção à próxima missão inominável.

Já Madalena não funcionaria tão cedo. De fato, quando o sol terminou de raiar e já havia se erguido muito além do horizonte, quando Rosa acordou e andou até a sala coçando os olhos grudados de sono, Madalena ainda estava sentada no mesmo sofá, fixa no ponto imaginário.

— Mamãe, estou com fome.

A mãe olhou para a filha, cujo cabelo ainda estava curto mas já tinha volume o suficiente para carregar a marca do travesseiro, e a examinou. Felizmente, os sete anos de maternidade já tinham dado a ela a resignação necessária para não se botar paralisada de autocompadecimento. Aprendera que ter dó de si mesma não encurtava as tarefas. A criança vai comer enquanto houver comida para a mãe preparar. Ergueu-se e caminhou até a cozinha para fazer um pão com manteiga, duas fatias de mamão, um leite com chocolate. Botou-os na frente da menina e já estava a meio caminho do sofá, quando ouviu a vozinha.

— Eca, você sabe que eu não gosto de mamão, mamãe.

Sentiu a conhecida raiva ocupando os espaços que a tristeza tinha tomado e se voltou para a filha com olhos duros.

— É porque você é uma mimada, uma pirralha!

Madalena pegou o mamão e o jogou contra o azulejo da cozinha, onde se espatifou e desceu escorrendo até o chão, deixando na parede um rastro alaranjado e uma única semente preta e redonda presa no rejunte dos azulejos. Madalena tinha a cara impassível e nem se dignou a olhar para a filha. Em vez disso, voltou para o sofá. Já Rosa começou a chorar, uma lágrima silenciosa em cada olho, a boca em ponta de mágoa.

Então a chave na porta virou. Era Vânia, que chegara mais cedo a pedido da patroa. A babá entrou sem fazer barulho, a bolsa pendurada nos bracinhos de ramo. A primeira coisa que fez foi dar um beijo no alto da cabeça de Rosa. Quando viu que chorava, girou a cabeça para tentar localizar a origem da tristeza e encontrou o mamão no chão. Depois, viu Madalena.

— Oi, Vânia, obrigada por ter vindo. Hoje está um dia um pouco complicado.
— Imagina, dona Madalena.
— Uma amiga nossa morreu essa noite lá no alojamento — Lena falava bem baixo e usava uma das mãos como barreira, para que a filha não a ouvisse.
— Que coisa horrível. — Vânia pôs a mãozinha por cima do peito seco, tocada. A voz, um sussurro.
Ela estava enfiada em uma calça jeans azul cheia de lycra e bem grudada ao corpo. Tinha se ajoelhado para recolher os caroços no chão.
— A Rosa não quis comer, é?
Madalena assentiu com a cabeça. Foi até a filha e lhe pediu que vestisse o uniforme da escola, que estava no quarto. Quando a menina saiu, continuou a conversa.
— Às vezes cansa. Ela nunca quer comer nada.
— Tem que ter paciência mesmo.
— Toda refeição é uma tortura.
— Sabe, tinha um menino desse jeitinho, autista, no hospital que eu trabalhava. Ele tinha seletividade alimentar extrema também.
Talvez fossem os grãos de mamão. Talvez fosse o abismo que separava as duas. O fato é que Madalena se contorceu de angústia quando Vânia, que nunca falava nada, falou aquilo. Não conseguiu reagir. Ficou quieta diante da insinuação de que havia algo desconhecido, algo ignorado, não com a filha ainda sendo gestada, mas com aquela que estava bem à sua frente, seu projeto de vida, a única coisa que fizera nos últimos anos. Como ousava. Depois ficou com medo. Não tinha a menor ideia de quem era a mulher que cuidava de Rosa. Observou de canto de olho Vânia botando a água para ferver em uma chaleira, estava verdadeiramente amedrontada. Então se levantou, em busca de consolo em outro lugar.

24

Nos dias seguintes, os noticiários exauriram a rebelião. A fila de caixões dos doadores sem nome estampava o jornal da noite, onde eram lamentados apenas burocraticamente. Havia o consenso de que eram os responsáveis pela própria morte, sucumbidos à natureza selvagem de seus corpos masculinos. O máximo de compaixão que lhes era estendido era uma complacência maternalista por não saberem ser diferentes, pela impossibilidade de negarem a própria essência. Em breve, seriam repostos sem pompa ou encargos significativos.

Mais fervor foi dado à cobertura dos estragos causados dentro do alojamento da Bela Vista. Além de um dos refletores imensos do estádio, haviam destruído as cadeiras e o gramado do campo. Praticamente todas as vitrines, de lojas ou restaurantes, foram quebradas, e a cena dos cacos de vidro cobrindo as calçadas de pedra, em outro contexto, quase poderia ser entendida como bela, mas não naquele, nunca naquele. Queimaram lixos e canteiros.

Especialistas na tevê foram convidadas a avaliar o tamanho do prejuízo, e o debate voltou, como sempre voltava nesses casos, à extensão das liberdades que deveriam ser concedidas aos homens. Palpitavam sobre possíveis toques de recolher dentro dos alojamentos ou então iam pelo caminho inverso, sugeriam limitar as saídas de casa dos doadores a duas horas de banho de sol por dia. Mesas-redondas se espalharam, discorrendo éticas e moralidades e resolvendo nada.

Mas o que monopolizou o assunto, de forma mais predatória e despudorada, foram as três mulheres vitimadas durante o conflito. Ao contrário das rebeliões, que aconteciam de vez em quando, não era comum a morte de mulheres. Foi uma falha da organização que permitira a entrada de cidadãs no alojamento em dia de futebol. Além de Lúcia, duas outras visitantes perderam a vida naquela noite. As duas foram pegas pela multidão enfurecida enquanto tentavam voltar para o lado de fora e tornaram-se os bodes expiatórios que a ocasião buscava.

Uma delas, uma atendente de loja que namorava havia anos um homem que vivia no Bela Vista, fora arrastada pelos rebeldes e amarrada a um poste na praça central. Lá ficara a madrugada adentro à mercê das duas facções rivais, que não conseguiam decidir o que fazer com ela. Teve os cabelos cortados e as roupas rasgadas. Por fim, os grupos decidiram que a humilhação bastava, iriam largá-la por lá mesmo, a ser libertada pelas carcereiras que acompanhavam tudo pelas câmeras, para servir de exemplo. A tentativa desesperada do namorado de resgatá-la, porém, acabou levando ao irreversível. O rapaz conseguiu desamarrá-la e dar-lhe uns beijos desesperados enquanto a abraçava, mas não foi capaz de deter os cinco homens que estavam por perto e que não gostaram de ver suas decisões desrespeitadas. A confusão levou a mais pancadaria. O namorado ainda tentou, perdeu os dentes, tomou uma facada e tudo, mas não conseguiu proteger a mulher amada, e acabaram os dois mortos a socos e pontapés.

As cenas captadas pelas câmeras de segurança eram hediondas e, não se sabe como, foram parar nas mãos de uma jornalista. O país inteiro se indignou, ficou colérico mesmo, e iniciou-se uma campanha a favor da pena capital. A ideia, sempre insinuada, mas que nunca avançava nas entranhas do Congresso, dessa vez tomou corpo, empurrada pela fúria da multidão justiceira. Os cinco homens que espancaram a mulher até a morte acabariam executados, assim como o amante de Lúcia, e foram as primeiras vítimas de uma pena que acabaria se tornando popular com a passagem dos anos. A vendedora de loja virou nome de praça e viaduto. O homem que tentou salvá-la ganhou um pequeno busto em uma parte degradada da cidade, "ao homem justo e bondoso", monumento apelidado sarcasticamente "nem todo homem" pela população.

Lúcia, por sua vez, virou o símbolo de toda uma outra causa. A morte de uma funcionária de alto escalão, grávida, nas mãos de um namorado ciumento, foi abduzida para um debate reprodutivo. Era chegada a hora de proibir a fertilização por vias naturais? Deveria ser criada a bolsa in vitro para todas as cidadãs? De fato, cogitou-se abolir de vez a visita aos alojamentos. Mas o que fazer com a pequena parcela já tão desprezada de mulheres que gostam de homens?

Políticas e governantes foram consultar a jurisprudência, os autos, as atas, as declarações de direitos humanos, antes de decidir que não, não podiam impedir a associação voluntária entre homens e mulheres adultos. Foi resgatado, no lugar, um outro plano antigo, o de manipular a composição das pílulas seletoras nos homens para eliminar os cromossomos Y, de maneira a controlar também seus hormônios inconvenientes, reduzir os índices excessivos de testosterona que correm no sangue, para que os membros brutos da sociedade se tornassem mais dóceis e aprazíveis. Se apenas fosse possível controlar os comportamentos humanos por meio de drogas reprodutivas, casos como os das três mártires poderiam ser evitados, diziam. Ao fundo de cada debate televisionado, o rosto de Lúcia aparecia para fins de contexto.

Era sempre a mesma e única foto de Lúcia. Ela usava um vestido de alcinha preto e tinha o cabelo loiro solto ao vento, a cabeça tombada para o lado sobre um chumaço de cabelo mais escuro, que Madalena sabia ser o dela, pois a foto fora tirada naquele dia da praia. A imagem circulou as redes do país inteiro, acima de textos cada vez mais histriônicos. Lena já temia ligar o celular no meio do dia e encontrar de novo a cara da amiga, enviada por alguma pessoa distante para fins argumentativos, politizados, o rosto dela congelada no tempo, cada vez mais distante da pessoa que existiu.

Andrea passava cada vez mais horas no ministério, tentando apagar os incêndios simbólicos e verdadeiros, elaborando possibilidades para tirar todos os habitantes do alojamento da Bela Vista, que — fora decidido algumas semanas depois — seria desativado. Andrea saía de casa toda manhã com a barriga maior, e voltava de noite arrastando o corpo espalhado em mil pedaços gestantes.

Madalena, por sua vez, chegava ao salão em um estado dissociativo profundo. Recebia as clientes com o sorriso de sempre, mas quem perdesse alguns segundos analisando seus olhos veria que não havia nada ali. Vivia tomando muita água na tentativa de diluir no corpo os remédios que tinha ingerido para adormecer de noite. Perdia horas misturando os contornos nas caras das clientes, imersa nos mesmos pensamentos repetitivos, na saudade de Lúcia, em fragmentos das cenas de espancamento que vazaram para a mídia. Ficou pensando como Andrea tivera estômago para assistir à tragédia se desenrolar ao vivo, na sua frente. Pensava também no beijo apaixonado do homem que tentara salvar a mulher amada. Ficava longos minutos tentando decidir qual pincel usar, por onde começar. As clientes sentavam-se e levantavam-se da sua cadeira sem que Madalena as registrasse.

Tomé se doía pela amiga. A seu jeito, tentava contagiá-la com assuntos outros. Levava brigadeiros e bolachinhas. Fazia massagens no pé de Lena. E já não escondia — nem saberia como — a combatividade que trazia.

— Você está assim, mas a culpa é do sistema. Você acha que, se os homens estivessem felizes lá dentro, fariam essas coisas?

As palavras passavam sem resistência por Lena. Em sua cabeça, não havia nada que não fosse luto.

Até que um dia houve.

25

Mateus terminou o último gole de cerveja da última garrafa que tinha em casa e bateu forte com o copo vazio em cima da mesa. Túlio, naquele estado em que a embriaguez vira sono, até deu um pulo na cadeira. Abriu exageradamente os olhos, tentando sintonizar o entorno.

Estavam bebendo havia horas. Tinham começado no bar do Careca, que ficava bem no meio dos outros botecos e padarias, debaixo de uma falsa-seringueira imensa. As mesas ficavam enfiadas nas raízes aéreas e a sensação era a de estar no meio da selva. Um gole de cerveja, uma olhada naquele gigante vivo, dois metros de tronco, dez de altura. As folhas emborrachadas da árvore amarelavam antes de cair e acabavam formando um tapete ensolarado, em contraste com as mesas de plástico azul. Era uma noite muito quente e, mesmo assim, a cerveja desaparecia dos copos antes de esquentar. A bebedeira começara ainda à luz do sol, com um grupo grande de amigos que, passadas longas horas, foi se tornando cada vez menor e menor.

Mateus estava nervoso e percebeu aliviado a apreensão desaparecendo à medida que ia sendo tomado pela moleza do álcool. A ocasião era animada, embora o peso dos dias recentes estivesse pairando por cima de todos. Ao fundo, o alojamento fora se esvaziando, até sobrarem na rua os mesmos notívagos de sempre, entre eles Mateus e Túlio. Quando o Careca decidiu que a noite já estava de bom tamanho e resolveu fechar a muretinha que separava o bar do mundo exterior, os dois se viram parados na esquina, ainda fazendo com as mãos o formato de um copo de cerveja imaginário, subitamente mortos de fome. Era perto da meia-noite e as opções de comida estavam limitadas. Decidiram-se, então, pelo acarajé da barraca que ficava do outro lado do centro esportivo, animados o suficiente, inclusive, para cruzar as instalações todas, em busca do bem-estar que só a fritura traria aos cérebros embriagados.

Cruzaram os campos de vôlei de praia e depois o parque, enquanto Mateus olhava para os lados tentando criar memórias. Comeram o acarajé entre grandes discussões filosóficas, uma mordida aqui, uma solução definitiva para todos os males do mundo ali, o vatapá se espalhando pelos dedos, a casquinha do camarão presa no canto da boca. No fim, tiveram a grande ideia de esvaziar as cervejas da geladeira de Mateus uma última vez, e se dirigiram para lá.

Por fora, a casa era igual a todas as outras do alojamento. Tinha sido sorteado para aquela unidade quando chegara ao Bela Vista, e nunca mais se mudara. Por dentro, porém, era única. As paredes eram forradas por quadros que ele mesmo pintara ao longo dos anos. Imensos retratos de pessoas sem rosto, andando nas ruas, sentadas em mesas, nadando nas praias, às vezes dezenas delas, nas mais variadas posições, num cenário qualquer. Embora não tivessem rostos, eram vultos sempre diferentes, homens e mulheres e crianças, de penteados e roupas variados, em cores fortes e tons escuros. Era o que fazia o dia inteiro. Mateus pintava seus anônimos em telas de diversos tamanhos, que iam depois parar em suas paredes e nas de seus amigos e colegas de alojamento.

Abaixo dos quadros, ficava a coleção de discos e livros. Era tão extensa que ocupava um rodapé de trinta centímetros de altura ao redor de toda a casa. Tinha metamorfoseado a morada cinza em uma extensão explosiva de si. Era incansável. Enquanto houvesse paredes brancas, Mateus pintaria para preenchê-las. Às vezes esculpia também, seus mesmos personagens em versões com volume. Em toda parte havia pessoas. Em cima da geladeira, na mesa de centro, no aparador ao lado da cama.

Como era única e bem cuidada, a casa de Mateus tinha virado o ponto de encontro havia anos, e Túlio entrou nela como se fosse sua. Abriu a geladeira, pegou a cerveja, encontrou dois copos dentro do armário da cozinha, que Mateus também tinha pintado a seu gosto, e botou-os sobre a pequena mesa no canto da sala. Era um homem enorme, de quase dois metros, e ficava comicamente espremido na cadeira de madeira. Mateus era menor. De fato, conseguia até se reclinar na mesma cadeira, podia apoiar o alto das costas no encosto e se esticar inteiro.

Voltaram a beber, porém mais contidos agora. A empolgação tinha dado lugar a uma melancolia habitual que, porém, nenhum dos dois quis nomear. Em silêncio, Túlio e Mateus revisitavam as cenas das últimas semanas. Os corpos largados no campo de futebol. Os conhecidos que de repente sumiram do convívio. Mateus andava pelo alojamento sentindo falta de pessoas que até então nem sabia conhecer. Ainda assim, a ausência se fazia sentida, como quando uma árvore é derrubada no final da rua. Não saberia dizer que árvore era, mas sabia que tinha estado lá. Ouvira os barulhos de longe, porque afinal não era homem dado a esportes, e tinha ficado em casa naquela noite, mas ainda assim os barulhos. Não tinha como saber àquela altura, mas as cenas dos dias seguintes apareceriam em seus sonhos por muitos anos ainda.

À maneira dos homens, se entenderam em silêncio. Mateus intercalava a cerveja com os cigarros que ele mesmo enrolava com o tabaco comprado solto, mais barato do que os prontos de fábrica. Molhava a beirada do papel com a ponta da língua para selá-lo, e depois batia o pequeno cilindro no tampo da mesa. Tinha os dedos compridos e, na ponta deles, unhas

largas. Túlio, que não fumava, passava sem parar os dedos pela barba ruiva, da mesma cor dos cabelos, em um tique repetitivo.
— Podia ter sido a gente.
— Podia.
Mateus concordou com gravidade.
— Você preferiria viver lá fora?
Já tinham discutido aquela pergunta incontáveis vezes. Eles, todos eles, sempre. Discutiam-na desde o momento em que ganhavam consciência dos alojamentos, durante a adolescência inteira, bastante no começo da vida adulta, bem menos na maturidade. Pensavam nisso nas noites passadas em solidão, quando o pé roçava uma parte ainda gelada do colchão, quando o desejo sexual era sufocado uma estação atrás da outra, quando a luz da tarde caía e precisavam apertar o interruptor para poder enxergar nas últimas horas dos domingos. Ao fim de todas as bebedeiras, é claro, mas também quando se distraíam no meio de uma quinta-feira qualquer, quando por alguns segundos conseguiam enxergar seus corpos de longe e se ver dentro daqueles muros. Mateus, na verdade, não sabia dizer um único momento em que não estava pensando nisso. Não sabia responder à pergunta, mas também não sabia evitá-la.
— De novo isso, cara? Pelo amor de Deus.
Mateus coçou os grandes olhos com as juntas das mãos. Estava ficando com sono. Aí bateu com o copo da última cerveja na mesa, de maneira a assustar um Túlio quase inconsciente. Não podia dormir. Resolveu apelar para a garrafa de uísque que ainda guardava debaixo da pia. Serviu-se de dois dedos da bebida, fez o mesmo para o amigo. Para não dar chance ao sono, resolveu bebê-la enquanto caminhava pela casa. Ficou admirando as próprias pinturas como se as visse pela primeira vez. Parava, aproximava-se para estudar uma ou outra pincelada, depois dava uns passos para trás, submerso em seu próprio museu. Não sabia se as veria de novo, depois de amanhã.

— Acorda, Túlio. Botei um uísque aí pra você.
— Não dá, cara. Não consigo. Vou pra casa.
— Que é isso... Fica mais um pouco. Vamos terminar essa garrafa, pelo menos.

Teria implorado para o amigo ficar se fosse preciso. Mas não precisou. Túlio pegou o copo, concentrando-se para segurá-lo com firmeza, e Mateus continuou o passeio pela galeria. Chegou à maior escultura da sala, uma mulher de longos cabelos escuros, sentada em um banco alto, a cabeça apoiada na mão direita, o rosto sem face encarando o nada. Em poucas horas, deixaria o Bela Vista para sempre. Ganharia outra casa, completamente nova, em um lugar distante, que nunca havia visto. Jamais tinha saído daquele alojamento, na verdade, e não sabia o que esperar. A ordem era estar pronto antes do nascer do sol. Viriam buscá-lo. Não era para levar nada. Será que teria suas coisas de novo?

Mas agora foi a vez de Mateus se sobressaltar. Túlio tinha virado sua dose de uísque e batido com o copo vazio na mesa. Ergueu-se com dificuldade e caminhou até o amigo.

— Chega. Não dá mais.
— Não, fica mais um pouco.
— Já deu, preciso dormir.

Mateus desistiu. Atravessou a sala e foi abraçar o amigo com violência. Encostou a cabeça no tórax imenso de Túlio e não quis largar. O ruivo estranhou, mas retribuiu. Ficaram um longo tempo abraçados em silêncio.

— Falou. Boa noite. Cuidado na volta.
— Pode deixar. Obrigado por hoje.
— Imagina. Não precisa agradecer.
— Beleza. Até amanhã, irmão.
— Até amanhã.

Mateus queria muito, mais do que jamais quis alguma coisa na vida, mas não contou que nunca mais se veriam.

26

Os ônibus prateados chegavam um após o outro, locomovendo-se na mesma velocidade, as curvas feitas com tranquilidade exagerada, como uma lagarta hiperarticulada, atravessando avenidas e viadutos. Eram do tipo executivo, janelas lacradas, equipados com banheiro, ar-condicionado e frigobar com garrafinhas de água. Cruzavam a noite como uma procissão, os faróis, as velas, com a missão de chegar sem atraso às cinco da manhã no alojamento a ser desativado. Assim o fizeram. O primeiro ônibus estacionou na frente do portão principal às cinco horas e três minutos e, por ser grande demais para atravessá-lo, por lá ficou, esperando a primeira leva de doadores caminharem até ele, para que se espalhassem por seus assentos luxuosos. Os veículos atrás o seguiram. Foram estacionando, frente com traseira, um atrás do outro, até onde a vista alcançava.

À mesma exata hora, do outro lado da cidade, Madalena acordava com o toque do celular, o despertador programado para um sutil badalar de sinos metálicos, às cinco e três. Ela despertou com o primeiro vibrar do aparelho e, à primeira soada, antes mesmo que a melodia passasse da quarta nota, desligou-o. Não queria que o barulho acordasse Andrea, finalmente adormecida depois de horas se revirando de um lado para o outro na cama, procurando uma posição que possibilitasse o sono dos últimos dias de gravidez. Lena saiu da cama sorrateira como um gato. Andrea roncava alto.

Os homens já estavam acordados no Bela Vista, e bocejavam agarrados à pequena mochila de uso pessoal que eram autorizados a carregar consigo. Eram muitos os punhos roçando os olhos sonados. Vestiam casaco de moletom largo e tinham a cabeça enfiada no capuz. Poucos falavam entre si. Alguns andavam de um lado para o outro sem parar, fazendo os mesmos trajetos, como animais enjaulados, de maneira a espantar o frio da madrugada de abril. A maioria apenas esperava na fila, ávida para entrar nos ônibus e conhecer seu novo lar.

Madalena também escolheu um casaco de capuz para a ocasião. Escovou os dentes enquanto conversava com Tomé, Rebeca e as outras meninas no celular. Queria saber se tinham acordado também, se já estavam a caminho. Para ela, o trajeto era curtíssimo, mas havia companheiras vindo de todas as partes da cidade, de outras capitais até, centenas de quilômetros de distância, e não poderiam cometer o erro de perder a chegada.

Eles tinham ouvido maravilhas sobre o alojamento novo. Haveria cinco campos de futebol de tamanho oficial. Três hamburguerias, duas delas abertas a noite inteira. Uma pista de kart, diziam uns. Bonecas infláveis, indistinguíveis das versões humanas. Uma praia artificial com ondas, arriscavam outros. Estandes de tiro ao alvo, embora isso já não fizesse o menor sentido. Foram saindo pela porta da frente, vigiados de perto pelas guardas armadas, em grupos de cinquenta homens, e se ajeitavam nas poltronas dos ônibus. Em poucos minutos, antes mesmo de o veículo começar a balançar, alguns já estavam dormindo.

Já Madalena só saiu de casa quando Tomé lhe escreveu dizendo que haviam chegado à entrada do Bairro Novo, já perto de se encontrarem. Abriu a porta e deu de cara com uma parede branca. Uma névoa tão densa tomara o mundo, que Lena mal podia enxergar o asfalto ao final do jardim. Até segurou o ar antes de botar o pé para fora, mergulhando na umidade. Esperava que a neblina se dissipasse em breve, para que não atrapalhasse os planos, mas também a recebeu de bom grado, feliz por torná-la enfim invisível. Caminhou absorvendo a umidade com a pele anfíbia, e estava tão satisfeita em poder enxergar o ar que por pouco não se esqueceu do que iria fazer. Andou no silêncio branco por cerca de vinte minutos. Quase trombou com as primeiras meninas na rua de trás do alojamento novo. Quando conseguiu discernir os fios cor-de-rosa no alto da cabeça de Tomé, se dirigiu para ela. Beijaram-se no rosto.

— E essa neblina, hein? — Madalena falou afastando uma mecha de cabelo que havia grudado no canto da boca.

— Vai ser uma aparição dramática.

Tomé já estava no bom humor de sempre, maior do que o de costume, talvez. Rebeca, com seu inconfundível coque esparramado por cima da cabeça, digitava no telefone, e cumprimentou Madalena erguendo as sobrancelhas. Lena foi olhando ao redor, e via corpos surgindo por todos os lados, brotando do meio da cortina branca. Eram dezenas de meninas. Muitas bem jovenzinhas, conversando animadamente em grupinhos de três ou quatro, no meio da mais estranha festa da vida delas. Riam alto, contavam histórias, tiravam fotos de si e das outras sobre o fundo branco. Algumas mulheres mais maduras, experientes de combate, também estavam por lá, carregando pacientes seus cartazes enrolados, calçando sapatos confortáveis, comendo uns lanches embrulhados em alumínio. Sabiam que revoluções carecem de energia.

Em alguma direção indiscernível, o sol tinha terminado de nascer, porque a neblina agora estava mais clara e um pouco menos espessa. Erguia-se como um véu de noiva, Lena pensou, embora ela mesma não tivesse passado pela experiência. Estava perto da hora agora. A luz do sol ia se esgueirando com mais força, e Madalena reconheceu as palavras pintadas no asfalto por onde os ônibus passariam: "Libertem os homens". As manifestantes se dividiram em dois grupos, cada um de um lado da rua que dava para a entrada do alojamento, que estava cercada por grades metálicas. Estavam prontas para gritar ao menor sinal de movimento. Haviam trazido bandeiras para tremular, tambores para bater. Queriam barulho e comoção. Quase todas traziam flores também. Cobririam os homens de compaixão, eles, seus irmãos, seus iguais, humanos também, carregados como objetos de uma prisão para a outra, nesse crime inaceitável. Se cometiam os atos terríveis que cometiam, era porque haviam sido criados sem amor, os coitados.

Madalena se concentrava em respirar. Juntava todas as forças que possuía para notar o ar entrando pelo nariz, a barriga se erguendo, a pausa demorada, os pulmões pedindo para serem esvaziados. Repetia.

Fazia anos que não via um homem. Mais de oito. Pensava neles todos os dias, porém. Refletia no que os discernia das mulheres, se eram de fato assim tão diferentes como as faziam acreditar. Tinha se tornado uma obsessão. Estava ali, em parte, para poder vê-los de novo em sua materialidade, tirá-los do abstrato. Madalena pensava muito em barbas, pelos, gogós, ombros. Na calvície, na voz, no cheiro, no andar. Não de forma abstrata, mas carnal. Qual é a textura de um pelo masculino? Por que eram tão largas as articulações? Até onde deve ir a linha do cabelo? Pensava em tocá-los, queria senti-los de novo.

A partir de um limite sem definição, porém imediatamente reconhecido por todos, corpos deixavam de ser masculinos e viravam femininos. Viviam em oposição um ao outro, grandes naquilo que nos outros era pequeno. Cabelos curtos e compridos, como a filha sabia. Uma existência no meio desse limite ficava suspensa, jogada inevitavelmente para um lado ou outro da linha. Não eram mais corpos apenas, marcados pelo tempo, moldados por hormônios indiferentes, carregados de emoções, atribuídos a comportamentos por médias estatísticas, perfeitos à sua maneira. Eram homem ou mulher, nunca o meio, porque não poderia haver o meio. E havia a forma como se conduziam. Do que falavam, o que os fazia rir, como amavam, por que gritavam. Agiam como homens, embora agir como homens carecesse não agir como mulher e os dois, no fundo, eram o mesmo. Bebê nenhum vem ao mundo como homem. Em que momento virava um? Aos dois, aos três, aos quatro anos? Madalena via sua filha todos os dias. Podia querer ser um homem. O menino Rosa.

Madalena via-os dentro do alojamento quando fechava os olhos. Eles apareciam em seus sonhos quando dormia, com detalhes tão vívidos que seria capaz de desenhá-los pela manhã. Via veias saltadas no pescoço. Uma barba falha no alto da bochecha. A pele afinando com o passar do tempo. Mas ela os conhecia também onde não eram visíveis. Madalena sabia que tinham medo da solidão. Que fingiam força quando não a tinham. Que desejavam ninar as filhas que colocavam nas barrigas alheias. Era isso um homem, afinal.

De súbito, duas lanternas rasgaram a nuvem caída no chão e elas viram que o primeiro ônibus se aproximava. Um alvoroço tomou conta das centenas de mulheres aglomeradas na entrada do alojamento. Alguém começou a cantar e todas seguiram. Madalena ainda respirava com dificuldade e assim foi caminhando para perto de Tomé, que pulava inquieta para cima e para baixo, alvoroçando o grupo inteiro. Assim que viu a amiga se aproximando, sossegou um pouco. Abraçou-a, demonstrando gratidão. Passou a cantar os gritos parada, servindo de apoio para Madalena, imóvel.

O ônibus embicou no portão principal meio desajeitado. Ficou avançando e dando ré, em busca de um espaço que não havia para poder entrar. O portão era baixo demais. Os planos falhos de Andrea e Lúcia. Algumas manifestantes então se postaram na frente das grades, empunhando as flores para o alto, o que mobilizou as seguranças do alojamento. Ficaram negociando bom senso umas com as outras, enquanto as companheiras gritavam e faziam barulho sem parar. A certa altura, a motorista desceu e saiu em busca de instruções. Ao final, se pôs no volante e botou aquela montanha de aço o mais próximo possível da entrada de pedestres, onde dois corredores de grades estavam sendo enfileirados. Os homens desceriam e entrariam a pé nas instalações, rodeados por seguranças, mas a poucos metros de todas.

Os primeiros a sair ainda olhavam o mundo pelo filtro da noite mal dormida. Abriam as pálpebras com dificuldade, enquanto as pupilas se contraíam com a luz. Então corriam os olhos através da neblina fraca, divididos entre seu novo lar e as inesperadas aliadas em gritos de guerra. Os primeiros andaram timidamente para dentro do alojamento, mas, à medida que a notícia do protesto se espalhava no interior do ônibus, iam saindo cada vez mais bem-humorados. Acenavam para elas, erguiam os punhos em forma de protesto, jogavam sorrisos sedutores para as moças, que retribuíam com beijos lançados ao ar por mãos espalmadas. Mostravam a língua, exibiam o peito nu. Um veículo depois do outro foi se esvaziando na frente delas. Homens altos e baixos, jovenzinhos de tudo e engrouvinhados pela idade. Largos e estreitos. Feios e bonitos. Todos com a mochila a tiracolo, entrando no novo lar.

Madalena se espremeu para observá-los de perto. Estudava cada um, olhando em seus olhos. Alguns afastavam a vista ao vê-la tão inquisitória. Só então percebeu que era esse o sentido do que buscava esse tempo todo. Não era um emprego. Não era a liberdade. Era ali que precisava estar. Um atrás do outro, os rostos que lhe vinham nos sonhos existiam, respiravam, estavam à sua frente. Havia demorado demais para revê-los. Só precisava se concentrar. O celular na bolsa tocou, mas não conseguiu ouvi-lo.

Mais um grupo de homens entrava no alojamento quando o último resquício de neblina finalmente se dissipou. O mundo apareceu à luz do sol da manhã, ainda cintilante do orvalho, pequenos pontos brilhantes sobre a grama recém-lavada para o novo dia. No meio do grupo, um homem se destacou. Um rapaz de quase dois metros. Madalena parou de respirar quando seus olhares se cruzaram. Túlio deu um solavanco como se tivesse levado um soco. Então o ruivo caminhou até ela.

— É você?

Foi um instante apenas, um tremor de pálpebra, uma contração do coração. Mateus sorriu, e então Túlio foi empurrado pelas seguranças para dentro do alojamento. Mateus se lembrou do último abraço que deram. A noite passada em claro antes que Andrea viesse buscá-lo na casa toda colorida. A forma como o rosto de Andrea se contorceu quando sentiu o álcool saindo de todos os orifícios de Mateus quando se encontraram. Andrea, que conhecia todos os caminhos para fora, porque afinal trabalhara anos no alojamento. Andrea, que botou a vida toda em risco para viver ao seu lado, dar a ele a chance de ser livre, conhecer o mundo. Andrea, que estava tentando ligar, pois tinha acabado de entrar em trabalho de parto da segunda criança que Mateus colocara dentro dela.

27

Madalena acordou antes de todo mundo e, antes de todo mundo, pôde também maldizer a existência. Levantou-se com o peso de mil infelicidades, arrastando-as para fora do quarto. Acordou de fato apenas quando estava de frente para o berço, agachando-se para pegar o pacotinho embrulhado em algodão, que era seu novo bebê. Apenas a cabeça despontava para fora. Pernas e braços estavam imobilizados dentro do pano, em um origami intricado refeito incontáveis vezes por noite.

Pôs a dádiva divina no colo e começou a chacoalhá-la delicadamente de um lado para o outro, cantarolando sempre a mesma melodia, a mesma "Wiegenlied", de Brahms, trilha sonora de escuridão e pesadelos, bem baixinho, no minúsculo ouvido do bebê. O chorinho aos poucos foi ficando mais frágil, até dar lugar a um ou outro gemidinho débil que, finalmente, depois de vinte e três minutos de embalos contínuos, parou.

Botou o neném no berço na manobra mais delicada de sua vida, com o terror da possibilidade de despertá-lo. Foi bem-sucedida, porém. O pacotinho continuou imóvel quando depositado sobre o colchão, e Madalena então perdeu alguns valiosos minutos de sono admirando sua perfeição, seu rosto angelical, a boca de bico e os cílios enormes. Passava as horas de vigília torcendo para que dormisse, e as de sono com saudade.

Lena então fez o caminho inverso, para seu quarto, dessa vez desperta. Sabia que demoraria bem mais de uma hora para adormecer de novo, a ponto de quase já precisar levantar para ninar o neném, e quase desistiu. Foi ao banheiro fazer xixi, viu as pernas peludas, e, enquanto lavava as mãos, encarou a sombra escura que havia se espalhado sobre a metade de baixo de seu rosto.

Quando voltou para a cama, contra todas as expectativas, adormeceu no primeiro segundo. Por algumas horas, deixou de existir. Assim que acordasse, iria se lembrar desse estado de não ser e invejá-lo. Já não aguentava mais se saber consciente, sentir tudo, pensar, pensar, pensar. A voz dentro de sua cabeça estava intolerável. Ficava revendo o segundo em que decidira deixar o alojamento, a última noite, a vida sem solavancos de antes. Vivia de sobressalto como nos tempos em que chegara ao mundo real, e não sabia dirigir, não sabia pagar uma conta, comprar um bilhete de ônibus, nada. Antes de tudo, porém, não sabia ser mulher e precisava desesperadamente sê-lo.

Saiu do quarto de novo com o sol já alto e o barulho de crianças, no plural, na sala. Rosa estava de joelhos e palmas no chão, por cima do neném, que gargalhava com as lufadinhas de ar que a irmã mais velha lhe dava na barriga. As duas crianças riam. Madalena vagou até a cozinha, onde Dedé estava de roupão, recheando a lancheira de Rosa.

Duas manchas redondas marcavam os bicos dos seios sob a camisa de Andrea, de onde o leite jorrava e por cima dos quais ela havia enfiado duas fraldas de pano que despontavam para fora da roupa. O líquido era tão abundante que, por vezes, Andrea desistia de contê-lo e andava pela casa com o peito nu, deixando atrás de si um rastro branco, quase transparente, um caminho de fertilidade e abundância, que cabia a Madalena esfregar depois.

Dedé mantinha o neném vivo, mas o mesmo não podia ser dito de si. Era agora puro instinto de sobrevivência, sem amarras civilizatórias, e tinha olhos apenas para a segunda criança que expelira de dentro de si. O resto fora esquecido. A casa sucumbia à bagunça do puerpério como uma ruína com o passar dos séculos. Fios de cabelo enovelados nos cantos das paredes, roupas sujas pelo chão, louças incrustadas de comida seca, gritos de crianças voluntariosas, neuroses na escuridão. Já não tinham mais a ajuda de Vânia, demitida quando anunciou sua gravidez poucos dias depois do parto de Andrea. Madalena ficou olhando aquele corpo frágil e imaginou-o expandindo-se apenas o necessário para fabricar um bebê. Por que a babá fizera isso com ela? De que adiantaria aquilo? Foi tomada pela raiva de sempre, e a dispensou na hora. Vânia tomou a notícia como um tapa no rosto.

— Mas a senhora não pode fazer isso, dona Madalena.
— Eu pago as multas, pago tudo. Não precisa vir mais.
— Mas a senhora está insatisfeita com o meu trabalho?
— Não precisamos de ninguém aqui em casa.
— A senhora não sabe o que eu sei?

A babá ainda estranhou a dureza no olhar da patroa, um vulto novo abaixo do cenho, antes que as lágrimas lhe embotassem a visão. Madalena não se abalou. Disse adeus, gélida. Viu a mulher mirrada juntando suas coisinhas em uma sacola de plástico, despedindo-se de Rosa com mais água na face, olhando a casa uma última vez antes de sair para o mundo, gestante e desempregada.

No dia seguinte, fez o oposto no salão. Apareceu antes de o expediente começar e deixou um bilhete para Ana. Não viria mais, não precisavam depositar o último mês, não haveria proposta que a mantivesse por lá. Subiu e desceu o salão espalhando mal-estar e recolhendo suas coisas e, não fosse pelo fato de Tomé ter chegado bem na hora em que entrava no carro para partir, tampouco teria se despedido. Tomé a viu de longe. Caminhou um passo depois do outro, sem pressa, a bolsinha cruzada balançando sobre o quadril. Fixou os olhos em Madalena. Começou nos pés e chegou à cabeça, perdeu-se por muitos minutos nas mãos, no pescoço, nos olhos tristíssimos da amiga. Tirou o saquinho com o fumo da bolsa e começou a embrulhar um cigarro.

— Eu não vou falar pra ninguém, você sabe.

— Eu sei.

Tomé ficou buscando não sei o quê no rosto da amiga, embora Madalena não tivesse a hombridade de encará-la. Voltou a face para o chão, e também não teve coragem de partir. Tomé acendeu seu cigarro e disse:

— Dá pra ser feliz lá dentro?

Madalena não teve a insensibilidade da sinceridade. Ergueu o rosto e ficou buscando qualquer coisa no céu azul.

— Tinha gente que era.

Tomé se calou. Por fim, foi ela que deixou Madalena para trás em silêncio. No dia da neblina, também não falou nada quando viu o breve encontro dos dois homens. Enxergou Mateus pela primeira vez e manteve distância. Foram para o fundo da multidão, até que ouviu o telefone tocando sem parar na bolsa da amiga. Abriu o zíper e o atendeu. Passou-o em silêncio, e viu Madalena recebendo a notícia do novo bebê.

Madalena chegou atrasada ao parto, perturbada, dotada de uma mente sem engenho. Assim que pisou na sala, viu Andrea em pose felina, as patas traseiras ajoelhadas no chão, as dianteiras apoiadas no sofá branco, a cabeça abaixo dos ombros, emitindo aquele mantra perturbador.

— Não vai dar tempo, Lena.

Dedé já não falava, apenas grunhia, e Madalena riu da grande ironia que era a imprevisibilidade da vida. Um parto relâmpago depois do primeiro que tomara dias. A esposa daria à luz em casa, como nos filmes ruins. A realidade se impôs, porém. Madalena começou a empurrar a lombar de Andrea, como fizera da primeira vez, e a apoiou sem dificuldades quando ela se pôs de cócoras. Duas ondas, o canto que só aparecia nessa hora, e a nova vida estreou. Empelicada, completamente envolta na membrana amniótica, um presente que só as duas saberiam carregar.

Madalena pegou a criança de dentro, que berrou com a força de mil contenções, prenúncio do que viria. Assim que a limpou com uma toalha, reconheceu seu destino no pequeno apêndice que não deveria estar lá e que, sabiam as duas já no primeiro instante, passariam o resto da vida tentando esconder. Mateus passou o menino para Andrea. Envolveram-se. Eram pilar um do outro, já não se erguiam sozinhos.

Agradecimentos

Um livro é uma obra coletiva e agradeço a todos que ajudaram a botar esta de pé.

A Fred, meu primeiro leitor.

Agradeço especialmente a Jennifer Chan de Avila, que abriu sua casa em Neukölln e me ofereceu uma xícara de chá, uma taça de vinho e um canto silencioso para escrever.

A todos que leram o livro de antemão — Marcella Chartier, Beth Pontes, Levi Guimarães, Mathias Hueck, Laura Folgueira — e às suas observações valiosas. Muito obrigada.

Agradeço a Mariana Delfini, pelos conselhos.

Aos meus editores, André Conti e Luisa Tieppo, que abraçaram essa história logo de saída. Obrigada pelos ajustes ao longo do caminho. A Silvia Massimini Felix, Ana Alvares, Gabriela Rocha, Jussara Fino, Ciça Pinheiro, Aline Valli e a todos na Todavia que me acolheram tão bem. Que honra estrear com vocês.

E agradeço às minhas amigas. Vocês me mostram o mundo todos os dias. Não há nada mais precioso que a amizade feminina.

© Karin Hueck, 2023

Todos os direitos desta edição reservados à Todavia.

Grafia atualizada segundo o Acordo Ortográfico da Língua Portuguesa de 1990, que entrou em vigor no Brasil em 2009.

capa
Ciça Pinheiro
foto de capa
Cecília Duarte
composição
Jussara Fino
preparação
Silvia Massimini Felix
revisão
Ana Alvares
Gabriela Rocha

Dados Internacionais de Catalogação na Publicação (CIP)

Hueck, Karin (1985-)
A segunda mãe / Karin Hueck. — 1. ed. — São Paulo : Todavia, 2023.

ISBN 978-65-5692-538-7

1. Literatura brasileira. 2. Romance. 3. Ficção contemporânea. I. Título.

CDD B869.3

Índice para catálogo sistemático:
1. Literatura brasileira : Romance B869.3

Bruna Heller — Bibliotecária — CRB 10/2348

todavia
Rua Luís Anhaia, 44
05433.020 São Paulo SP
T. 55 11 3094 0500
www.todavialivros.com.br

fonte
Register*
papel
Pólen natural 80 g/m²
impressão
Geográfica